闽南的匠人

杨秀晖 ◎ 著

中国文史出版社

集美区文艺发展专项资金扶持项目

图书在版编目（CIP）数据

闽南的匠人 / 杨秀晖著. -- 北京：中国文史出版
社，2024.3
ISBN 978-7-5205-4533-4

Ⅰ. ①闽… Ⅱ. ①杨… Ⅲ. ①传记文学—作品集—中
国—当代 Ⅳ. ①I125

中国国家版本馆CIP数据核字（2023）第244663号

责任编辑：刘华夏

出版发行：中国文史出版社
地　　址：北京市海淀区西八里庄路69号　　邮编：100142
电　　话：010 - 81136606 / 6602 / 6603 / 6642（发行部）
传　　真：010 - 81136655
印　　装：廊坊市海涛印刷有限公司
经　　销：全国新华书店
开　　本：787mm×1092mm　1/32
印　　张：11
彩　　插：10
字　　数：208千字
版　　次：2025年2月北京第1版
印　　次：2025年2月第1次印刷
定　　价：62.00元

李秀华

一把扇子舞风流

李秀华表演
扇子功横抱扇动作

李秀华表演
扇子鸳鸯盼动

李秀华表演
双夹扇动作

扇子功是戏曲四功五法之一，也是戏曲舞台上花旦、文小生基本且惯用的道具，用以表现情绪刻画性格，丰富表演手段。李秀华的扇子功，出神入化，堪称佼佼。

李秀华表演
扇子功指扇动作

《陈嘉庚还乡记》中饰演李韵如

《海边风》中饰演阿兰

《安安认母》中扮演安安之母庞三春

曾宝珠

天籁比霓裳

千金白，四两唱，声腔在人物塑造中有着不可小觑的作用。曾宝珠的歌仔戏"哭调"凄凉哀怨，每每催人泪下。

苏燕蓉

袖舞花开

水袖表演对演员要求极高，需要做到松弛协调、动静结合，舞动时要求「线中有点」「点中有线」。歌仔戏梅花奖得主苏燕蓉的水袖表演每每带给观众极饱满的观感。

苏燕蓉在歌仔戏《邵江海》中扮演春花，有一系列精彩的水袖运作

吴伯祥

丑角的辨识度

高甲戏丑角艺术丰富多彩，类别众多，流派纷呈。有公子丑、破衫丑、官袍丑、傀儡丑、媒婆丑、家婆丑等，根植于闽南地域文化的热烈诙谐造就了高甲戏鲜明的个性风格，使其在全国384个剧种中独树一帜。吴伯祥就是一位不可或缺的高甲戏丑角演员。

吴伯祥饰演"班头爷"

吴伯祥在高甲戏
《阿搭嫂》中扮演天成

吴伯祥媒婆丑扮相

边化妆边直播是小生杨跃宗的日常

杨跃宗帮团员穿戏服

杨跃宗在新编芗剧《洛神》中扮演曹植

在闽南在漳州,芗剧小生杨跃宗的戏每年都演300场以上。所到之处常掀起观演轰动,带动无数年轻观众走进戏曲的世界,重新欣赏戏曲认识戏曲爱上戏曲。

杨跃宗

"宝贝小生"的
爱与哀愁

杨跃宗在《周仁献妻》中扮演周仁

肖淑萍

我为鼓舞狂

跳鼓舞，鲜为人知而又细腻好看的闽南民间舞蹈之一。20世纪50年代，闽南著名民间舞蹈家尤金满先生在"泉州仙塘跳鼓"的基础上提炼出双人跳鼓舞，也叫旋鼓舞。

"荷叶说唱"是闽南地区特有的传统说唱艺术形式，用竹筷快速敲打荷叶状铜钹伴奏，形式活泼，气氛热烈，表演形式多样，有一人多角，化出化入；也有全体乐队参与，主演者边演唱边伴奏等。

林惠真

矢志传承「荷叶说唱」

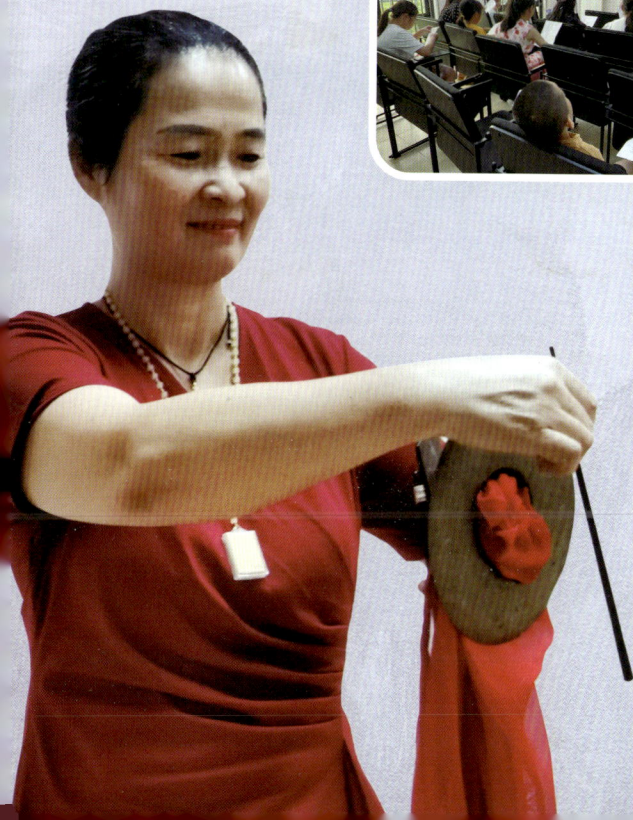

裁　　　　剪　　　　捋　　　　卷

捏　　　　盘　　　　组　　　　成

陈宝珍

指尖开花

盘纸的手法类似于中国传统技艺『盘扣』，以折叠、迂回、缠绕等方式，做出纸张独特的肌理效果。盘纸所流传下来的传承人非常少，出生于著名农民画之乡福建省漳平市新桥村的陈宝珍，是那个能在指尖开花的人。

初识秀晖，大概是2016年。彼时我为晚报美食版刊写了土笋冻，友人推来了秀晖同题材文章，写家乡龙海浮宫的土笋制作，其间加入了食物与人串联的情感。一碗土笋粥，三五块土笋冻，是长辈发自内心的爱的表达——食物之美，都和人有关，文风清新娟丽，活泼好读。

我不禁叫好！

本书付梓前，秀晖让我先睹为快。一翻开，便看到窗外梅影昏暗。在我看来，《闽南的匠人》除了介绍乡土手艺及其创业史，更将笔端深探到匠人情怀。我们品味的不只是杨梅干、芋头粿、酸笋包、木梳饼、安海捆蹄，赏鉴的不只是插珠花、盘纸技艺、跳鼓舞等，并且借入眼的每一朵乡土奇葩，察知匠人命运与乡土技艺的交集，明了坚守的缘由和匠心的境界。

《闽南的匠人》的呈现形式也颇有创新，作者在主题故事讲述线条中，切出一段横截面，很像新闻特写，用写意笔法为匠人画魂，这种叙说手法应是得益于她的新闻从业经历。

秀晖在青春年华的时候来厦门，就开始为《厦门晚报》写稿。二十多年来职业迭变，打工者、媒体人、职业经理人、机关文员，积累了丰

期待　朱家麟

富的人生阅历。身份变化的同时，她也不断尝试新的文体来表达人世感悟、心路历程。散文、小说、评论，还有诸多新闻作品和商业推广方案等，每一种文体她都能精准把握，熔其长处于一炉，形成自己的文字个性。

品读秀晖的文章是一种愉悦享受，就像是你自小熟稔的邻家姐妹，和你坐在绿植环围的闽南小院石桌边泡茶，墨竹飒飒，兰香飘忽，在闲扯家常中告诉你一种新见识的乡土美食或工艺以及匠人的悲欢故事。有时你会产生一种视觉幻象，她讲述的那人物站到舞台中心，突然被一束追光照亮——那是杨秀晖文章中的哲理金句，惊艳夺目。我忽然醒悟，那些对匠人命运的共情响应，或许正是秀晖自我心境的投射吧。

今天正好是谷雨节气，生物拔节旺长。我很希望秀晖继续把闽南故事讲下去，相信以她厚实的生活底蕴、圆熟的写作技巧，会有累累果实，闽南会再出现一位优秀卓出的乡土作家。

朱家麟

厦门晚报社原总编辑

秀晖把书的样稿发给我。看着一个个鲜活的文字，我的记忆跟着回到那一个个难忘的场景。

和秀晖认识很久了，对她的文字很认可，她是能把温度传递到纸面上的作家。三年前，我在报社主理的"恋恋老手艺"专题刚好需要一个长期配合的作者，我第一个想到了她。

我打电话给她，她几乎没有考虑就答应了。

"老手艺？我喜欢。"

记得在电话里我有点忐忑地告诉她，我们的稿费很低。她笑道："没事的渔哥，要是冲着稿费，我就不接了。我纯粹是因为喜欢。"

在近三年的配合采访中，我见识了她的喜欢。

在去文联工作前，她的本职工作相当繁忙，家里还有娃，还有很多课程要上、约稿要写，时间永远排得满满的，而采访一期老手艺，往往需要至少整个半天的时间。她总是想方设法挤出整块的时间，而且总是配合采访对象的时间，哪怕对方时间一变再变，她也从来没有抱怨过。

那些老手艺人，大多居住在交通不便的乡村。我们一般是乘摄影师培育的车前往，有时不方便接她，她就自己打车、坐公交。我于心不忍，让她把车票给我，我替她报销。她从来不肯，说：

"算了算了，肯定是你自己掏腰包！"

除了喜欢，我找不到更好的解释。

她写的这些老手艺的文章平实而流畅，那一个个即将淡出历史舞台，即将或已经被遗忘的老手艺，在她的笔下重新变得鲜活。她没有泛泛抒情，只是准确地把看到的和想到的写出来，那些日常的、不起眼的老手艺，便有了光彩。

这样的文字效果，和技巧的关系不大，甚至和思想也关系甚微。它背后最重要的支撑，是喜欢。

她的喜欢更直观地体现在采访过程中。每一次采访，她都像一个充满好奇的孩子，眼睛发亮，对每一个物件、每一处细节问个不停。有时挖出了生动的细节，她会得意地跟我们分享。有时被采访对象触动，她会在我们面前长吁短叹。

记得有一次我们去集美灌口镇采访制作芋头粿的老手艺人。手艺人李敢与丈夫是残疾人。采访完后她心情不太好，说："有些地方本来该深挖的，可我问不下去。我不是个好作者。"

其实这篇稿子在我看来没什么问题，可她对自己有要求。

我因此也明白了她文字的温度从哪儿来。

非常高兴看到这些有温度的文章结集出版。秀晖是个有心人，她这么做，一定是希望这些老手艺被更多人看到。也许我们不能阻止一门老手艺的消亡，但看到这些老手艺本身，就是对这些长年默默做一件事的手艺人最好的慰藉。

感谢秀晖！也希望你们和我一样喜欢她的这本书。

一个真心喜欢的人写出来的书。

高　渔
著名小说家
厦门晚报社资深编辑

喜
欢

目录
CONTENTS

戏剧盔头制作技艺

杨秀玲：鬓影朱颜十年灯 ——————

/ 杨秀玲总能将每套盔头所对应的角色和所属经典剧目详
尽解释，间或还跷起兰花指，唱上几句。她热爱自己的
歌仔事业，喜欢舞台上入戏的感觉。盔头是戏的灵魂，
既表达角色特点，也沾染了无数角儿的气息。从盔头使
用者，到制作者，身份转变，热爱不变。杨秀玲觉得那
是一个人戏曲情结里的人格力量。

闽南小吃匙仔炸制作技艺

林友林：守护初心 ——————

/ 匙仔炸，俗称匙仔炸教大面，是灌口较有名的小吃之
一。当热油翻滚，当料浆膨胀，锅中的美味，逐渐泛起
金黄的色泽，碳水化合物的香气扑鼻而来。一颗饱满的
匙仔炸，酥脆澄黄，油香阵阵，正接受食客们三尺垂涎
的鉴赏。

闽南小吃木梳饼制作工艺

陈有粮：每一个都有灵魂 ——————

/ 漳州平原，龙海浮宫，地处九龙江下游出海口，素有
"鱼米花果之乡"的美称。百年前，龙海人便长于精选
五谷，以碾揉搓蒸炸煎等传统工艺，精心制成各色传统
小吃。在当今闽南人嗜茶的传统里，木梳饼仍有其一席
之地。

李秀华

原厦门艺术学校形体（身段）讲
师、新加坡戏曲学院高级教师。

戏曲扇子功技艺

李秀华：一把扇子舞乾坤

环境式越剧《新龙门客栈》的出圈，让小生陈丽君引发万众关注，她在剧中饰演的贾廷随手携扇，时为信手之器，时为侠客武器，一把扇子，演尽风流。

扇子功是戏曲基本功之一，也是戏曲舞台上花旦、文小生基本且惯用的道具，用以表现情绪、刻画性格，丰富表演手段。中国戏曲博大精深，程式规范，专业性极强。要成为一名合格优秀的戏曲演员，需要有极高的基本功，唱念做打全面发展，特别是功法身段，没有经年的积累，根本不可能扎实。

本文介绍的李秀华老师，原任厦门艺术学校形体（身段）教师，她的扇子功，出神入化，堪称佼佼。

1/

李秀华走上表演艺术之路，有偶然性也有必然性。那个时候，李秀华的姐姐在街道工作，消息比较灵通，听闻戏曲演员训练班要招生，姐姐李彩卿极力推荐妹妹前往。李秀华从小就很喜欢跳舞，是班级里的文艺干将，长期担任"康乐鼓"委员，也常自编《小燕子》等舞蹈请同学一起表演。加之表叔当时在同安演高甲戏小生，李秀华多次去看戏，多少"偷"了些师，在两三千人的报名学生中，她有幸脱颖而出，进了当时的戏曲训练班。彼时，是1957年的9月。

5年，人生中最好的青春时光，李秀华沉浸在戏曲中，一边读书一边进行专业学习，练习唱腔身段表演技法等。把子功、毯子功、扇子功都是必备功法，每个人都要学会很多套，一点都不能含糊。乖巧的李秀华每每想偷一点懒，都会觉得对不起老师的用心，她总是很认真地训练，技法到位，身段柔软，很得老师赏识。

当时，艺校的老师十分重视第一届学生，除了日常上课教习，也经常会带她们去观看各种演出，如遇外面的剧团或表演团体来，老师就赶紧组织学生们前去观演学习。有一回戏剧大师梅兰芳带领慰问团到厦门演出，李秀华与一众小学员被安排到第一排，她们排了很长的队，一一跟梅兰芳先生握手致欢迎，引发整场人都站了起来鼓掌，争先观瞻小朋友与大师到底聊了什么。

　　1958 年，杭州越剧团来厦门演出《春香传》，有位知名演员的扇子功十分了得，小小的李秀华在台下简直看痴了。第二天，这位演员竟然莅临学校，兴奋的李秀华提出想学习扇子功，那位演员笑着说："好好，你们老师请我来，当然就是要授业的。"常年在舞台上演出的老师，与在学校里授课的老师，会有本质上的区别，前者因为长期摸爬滚打，呈现出比较内在和内化的表达，同样一个甩扇的动作，她们做起来显得更有韵味，更风情万种。那几天，李秀华废寝忘食，看着，模仿着，不厌其烦地练着，时间仿佛停止，她随身带着一把扇子，走到哪儿都要拿出来练上几手，几乎不放过任何碎片时间。

1962 年，李秀华在毕业典礼上表演了一段自己创排的扇子舞。虽初出茅庐，整体还显稚嫩，但那种自然流畅的感觉，以及柔软的身段，已经让人眼前一亮。

毕业后，这届学员统一成立了一个芗剧青年演员演出队，李秀华随着团队经常到各地去演出，积累了不少表演技法。1976 年，李秀华被调去艺校任身段老师。起初，她极犯难，觉得没有资料，一切都是空白。受当时样板戏的影响，很多学员的动作都显得很板正，李秀华只能慢慢调，一个动作一个动作雕琢。她不仅教动作，还教学生如何调动感情，做到表情丰富。比如，一个扑蝶的动作，李秀华要边示范边讲解，先是打蝴蝶、扑蝴蝶，打到蝴蝶后心情起了什么变化，脸上的表情相应地要做出变化。她在教学当中，慢慢自己摸索，有改进，有发展，带学生去到省里会演时，常常拔得头筹。连省里的记者都说："李老师您这套功法真的太好了，建议您全部整理出来，不然失传了就很可惜。"

那个时候，戏曲传承基本都是传帮带的方式，全靠师傅带徒弟口传心授，没有专业教材。李秀华不会用电脑，她一笔一画手写下来，每个动作都做了详解，怎么出扇，怎么折扇，怎么收扇。当时，有位银行高管陈先生很爱戏曲，他常带妻子来看李秀华上课。有一回课后，李老师正发放自己手写的教材复印件让学生回家巩固，陈先生极惊讶——李老师的手写教材图文并茂，每一步都带着接地气的解说，既实用又专业，通俗易懂，很具可操作性。陈先生当即自告奋勇，义务为李老师打字，并进行初步整理。李秀华也一直坚持对这份教材进行不断的修整，每次实践后，只要有新的想法，就会根据当时的情境和条件再调整，再动态优化。

李秀华始终认为，要当一个专业的演员，动作一定要规范，精益求精，学无止境。

有一年，上海戏剧学院的教授来厦门艺术学校开会，他从教学楼走过时，无意中看到李秀华在上身段课，一把扇子耍得行云流水。教授很激动，回到上海，便将此事告诉了表演系的主任。主任求贤似渴，很快打来电话，邀请李秀华到上海戏剧学院任职。他在电话里热情地说："我们表演系的孩子也很需要学一些戏曲的身段，您如果能来就太好了。"当时，李秀华确实也心有所动。五光十色的大上海，谁会不爱呢？离开鹭岛到一个更大的平台，自然会有更好的发展。但要放下厦门艺术学校这些一手带起来的孩子，她心里又舍不得，思考了许久后，李秀华再没提起，这事就此搁下了。

3 /

　　1997年，文化部挑选了10个人赴台湾复兴戏校教学，李秀华负责身段教学。在具体教学的过程中，李秀华发现台湾歌仔戏在形体身段上的功法略显生活化，戏曲程式稍显欠缺，这正是李秀华的强项，她自己创编了两套扇子功法，小生一套，花旦一套，与水袖、手绢等功法结合。有用又有趣，学员们学得都很带劲。汇报那天，台上名家济济，许多台湾知名演员如廖琼枝、许亚芬等都来到现场。学员出台前，先整体背向观众，手持扇子，两手并用，一手拿一手压，走圆场后，一个转身，掬扇亮相；卷手打开扇子，用云手左看右看，再一个反手亮相，扇子打开了，扇面朝下，又一轮换手，定格；又走圆场，左右抖扇，做出孔雀开屏状，收回后，甩扇，卷手，云步，收到胸前自扇，两手上下，做抱扇动作。整套动作如行云流水，浑然天成，大家啧啧称赞"强将手下无弱兵"，认为李秀华实在教授得太好了。

　　第二天，台湾知名小旦石惠君和她当导演的老爸一起慕名前来，他们是专程来向李秀华学扇子功的。石惠君那时已经很有名气，但父女俩都很谦逊，笑眯眯的石父说："来，让李老师先表演一个扇子给你看看。"李秀华即兴练起扇子的基本功，一举手一投足的力道都恰到好处，把石惠君深深吸引。由于时间有限，李秀华没办法像教学生那样，一个步骤一个步骤系统性地讲述。好在石惠君很用功，也没什么偶像包袱，她很认真地跟着李老师一招一式地学习，一个上午的时间，已经吸收了不少。事后，石惠君演电视歌仔戏时，刚好有个与扇子有关的情节，她就把李老师教的那套扇子功全部用了上去，刚柔并济，效果很好。

李秀华也常受邀到新加坡、马来西亚给学生上课，带领学生参加丹麦、韩国、泰国、新加坡、芬兰等国家和香港地区的艺术交流。有一次，在新加坡国立大学，蔡曙鹏博士演讲戏曲的由来，李秀华当场示范表演一套三分钟的扇子功，来自各个国家的大学生一下子被吸引住，他们惊呼中国传统文化真的太美了。李秀华那天刚好多带了几把扇子，干脆就安排各国学生穿上戏服，简单用一些动作，做亮相和开场，各个国家的学生穿上戏服后，新鲜而好奇，很富喜感，引发全场雷鸣般的掌声。

又一回，李秀华紧急排演蔡曙鹏博士的剧本《放山劫》去参加一个活动。留给排练的时间很短，国际学院的学生又都听不懂普通话，虽有翻译跟着，但沟通还是吃力。要让这些连普通话都说不溜的学生，在这么短的时间内学会闽南语显然很难，虽然动作可以做，但开不了口。最后，李秀华决定，用歌仔戏的调子，配合英文来演唱。几番试验，混搭的效果竟然很好，后来学员到各个学校去表演，戏曲程式整套如常，扇子功也很到位，调子带着闽南乡音，呈现出来的却是英文，这都源于李秀华的大胆设想和认真执行。表演完毕，全场响起了雷鸣般的掌声。

4 /

除了到专业学院进行教学外，李秀华也常进校园做戏曲传承工作。对于非专业学员，她往往一视同仁地倾注心力。李秀华认为，只要学员想学就是好事，不管是专业还是非专业，都是对戏曲技艺的一种传承。

厦门陆萍坊是由几位爱戏的非专业人士自发组成的团体，大多数团员都是兼职，并未接受过科班的训练。当李秀华知道这群热爱传统戏曲的年轻人正在拍摄一个电视歌仔戏剧目时，她坐不住了，自发前去帮忙。陆萍坊的团员平时都有各自的工作，并非专业出身，也没有经过专业训练，基础相对较弱。主张有教无类的李秀华又开始动脑子，她灵活运用急就章的方法，让学员先学习最基础的手法，立圆，平圆，八字圆，先保证基本的指法能做到位。待进入正式排练时，再根据角色需要、音乐、唱词等，点对点塑造。拍摄期间，李秀华现场跟着指导，学员们拍戏到几点，她就跟到几点，以利及时调整她们的动作、设计身段等。

《顾靖尧与林湘君》的拍摄中，李秀华对男主角顾靖尧的扮演者陆萍量身打造整套扇子功，并设计针对性的亮相动作，三个指头捏扇，七分折扇，潇洒开扇，眼随扇动等。视频拍摄完，不合理不到位的表现，李秀华都会要求重新设计，再拍再教习，一定要做到镜头呈现时流畅自然才作罢。

李秀华也常进校园做戏曲传承活动，并长期担任厦门市第一中学身段课程老师。她将水袖舞、手绢舞、旗舞等与扇子功融合，带着学生一点点精进，2021年集体展演荣获全市中学生比赛第二名。

有人说，当老师是为别人做嫁衣，只有团队奖，没有老师个人奖。但李秀华认为，当老师就是要高风亮节，推举学生走向前场，自己默默在后场加油鼓气。她在职时，连续四年被评为省级和市级的先进文艺工作者。1995年退休后，她也一直活跃在各个戏曲教习的现场，教扇子功，教各式基本功，神采奕奕，从不曾倦怠。

关于未来，李秀华有自己的规划。她准备将手上的功法，尽量整理出来，给自己的学生和徒弟留存一些宝贵的资料。生命的路程难以逆转，每个人都走在越来越老的路上。而戏曲身段的精进，"三天不学手生"，她想趁自己身材还挺拔，精气神还在，广纳桃李，将一身武艺毫无保留地传授。如果有一天自己的动作不规范，教学中没有神采和气力，也做不出人物形象时，那就是李秀华认为的真正应该退休的时候。因为，戏曲教习，很多时候还是靠师傅传帮带，老师做得什么样子，体态如何，手指向哪，眼睛怎么瞪，学生就会觉得人物就是这样子，手眼身法步，一开始都是靠模仿来的。李秀华说，自己不想误人子弟。

技艺

1. 运扇

小生运扇，应三七分执扇（即用三根手指，拿扇子的三七分处）。

2. 摇扇

摇扇，多用于表达欣赏之意——"此物甚美"。

3. 开扇

开扇，折扇中基本动作之一——"这等良辰美景，待小生一览"。

4. 绕扇

绕扇，表达动作、情绪转换的过程——"那边厢景色甚美"。

5. 合扇

合扇亮相，表达生角儒雅俊秀，自信愉悦——"好一个玉树临风画中人"。

6. 收扇

收扇作揖——"小生这厢有礼了"，平收。

"我很喜欢扇子"

李秀华坐在我面前，80岁的高龄，身姿纤细柔软，比画执扇动作时，收放自如，干净凌厉；眼随手动时，脸上神采奕奕，一点没有耄耋之态。

说起扇子功，李秀华打开了话匣子，丹凤朝阳、遮阳伞、遍地开花、扑蝶等各种专业术语扑面而来。她说扇子功不仅仅是扇子上的功夫，它的精髓在于全身上下的配合。"平开"扇有规格的要求，"丹凤朝阳"有手腕、手指的要求，"扑蝶"则脚和腰都要配合。说到底，扇子功只是一个基础，还要匹配很多的身段和动作，眼神在哪里，怎么笑怎么哭，十分重要。怕我听着蒙，李老师笑着总结道："总之，练功要照着镜子练，镜子是最好的老师。"

喜欢一件事，就要认真去钻研折腾。这是李秀华的认知，也是她一直以来的坚持。每每听到好的音乐，她就开始琢磨，这一段能用到什么场景，那一段要设计什么动作。有一回，正陪孙子在外面玩，忽然一首好听的歌曲传来，她立马拿手机录音，回来一查，原来是《渔家姑娘在海边》。坐下来细听，音乐把情绪调动起来，灵感也来了，李秀华就着这个音乐，很快编了一个身段出来。自己在家对着镜子试跳了一回，先生黄卿伟不免要提些意见，两个人一番探讨修正，一个戏曲扇子功法又成了。

李秀华的家庭具有浓厚的戏曲氛围，先生黄卿伟是她在艺术学校的同学，工老生和丑角，曾任厦门文化局艺术处处长，专业上给李秀华提了不少意见。说起先生，李秀华透露了个小秘密。当年，风华正茂的自己与来自漳州的黄卿伟相熟，学校里常互相帮助，互称兄妹。毕业后，许多同学结为伉俪，某一天黄卿伟对李秀华说："干脆我们也来结婚。"李秀华不假思索地答："可以呀，结婚就结婚。"一桩良缘就此结成，两人携手走过半个多世纪，生活如糖拌蜜，如今的李老师回首往事时，脸上依然灿若云霞如少女般娇羞，这就是幸福的表现。家里的孩子虽无人传承扇子功，但儿子和媳妇一直以妈妈为荣，觉得妈妈很"赞"很"牛"。

李秀华有一颗年轻的心，她潜心琢磨传统表演，并在传统美学的基础上，"创造性转化、创新性发展"编创了扇子等身段教学组合。她的课业不少，工作量饱和，却一直认真教课，无私付出。李秀华觉得，被人需要，予人教习，保持身段的韧性和柔软，保持自己年轻的心态，对自己也是一种促进。当很多同龄人沉迷牌桌时，她觉得自己所做的事情更有意义。只要学生能学到东西，有所成就，李秀华就觉得是最大的回报。

戏以人传，口传心授无可取代。每一个对艺术执着、一丝不苟、为人随和且富有亲和力的艺术家，都具有崇高的人格魅力和修养。

李秀华老师亦如是！

苏燕蓉

厦门歌仔戏研习中心一级演员、
导演。国家级非物质文化遗产歌
仔戏项目省级传承人，第十二届
文化部"文华表演奖"、第二十四
届中国戏剧"梅花奖"获得者。

苏燕蓉：袖舞花开

水袖，中国戏曲舞台上最亮眼的程式之一，在每一台戏的表演当中都能看到它的身影。水袖既可表现角色的行为，又可外化人物情绪，在舞台上有着多种功能。

水袖最早的叫法为"水衣"，慢慢发展，逐渐变长变宽，便形成了我们今天所看到的水袖。因为舞动的形态如水波荡漾，所以称之为"水袖"。水袖的细节动作极多，串连在一起后精妙绝伦，带给观众极饱满的观感。

但同时，水袖表演对演员要求极高，需要做到松弛协调、动静结合，舞动时要求"线中有点""点中有线"。特别是3米的长水袖，能舞得好的演员实属凤毛麟角。

苏燕蓉无疑是其中的佼佼者。

1 /

1992年，13岁的苏燕蓉从漳州市南靖县考入厦门戏曲舞蹈学校（后改为厦门艺术学校），开始了冬练三九、夏练三伏的日子。练功很苦，十八般武艺，样样都得操练一遍，如果迟到或动作不到位，老师还要上手打。很多孩子吃不了苦，回到宿舍眼泪汪汪，有的甚至央求父母赶紧来办退学。日子辛苦，小小的苏燕蓉却很坚忍，她心里一直期盼着早一天穿上戏服，站上舞台，罗裙微动、广袖轻舒，亭亭如初荷，那该是多美呀。

第一次上水袖课，燕蓉开心极了，她们每人发到一件粉色的练功袖，雪白的水袖缀垂在袖口，十分美丽。老师先教基本动作，也编排了一些小组合，苏燕蓉在音乐声中舞动水袖，学了基本的搭、转、抛等传统动作，算是入了门。一年后，魏晓春老师来到了学校，他别出心裁地把各种戏曲程式动作融进了舞蹈音乐中，给同学们排了一个"戏曲集锦"。集锦里的水袖华彩飞扬、起舞翩跹，激烈时很张扬，轻舞时很温柔，尽展女性的柔美。这些都让苏燕蓉深深沉醉，她蹒踌满志，盼望着可以早点毕业，好去为观众演出，让自己经年所学，尽展风姿。

1998年，读了6年戏曲中专班的苏燕蓉被分配到厦门市歌仔戏剧团，却发现演出极少，观众更是寥寥无几……迷茫和失落，向苏燕蓉袭来。恰在这时，中国戏曲学院和厦门艺校合办了首届地方戏大专班，苏燕蓉想去报考，但自己已经毕业分配，如果辞职，便意味着打破"铁"饭碗，一切归零，重新开始，两年大专班后，剧团是否继续录用尚是个未知数。这是个不容易的选择，在当年，苏燕蓉的家境并不富裕，日子过得还有点紧巴巴。

尽管如此，苏燕蓉还是很快做了决定，辞职离开剧团，重新进入校园。妈妈的支持，以及自己的坚持，汇聚成冥冥中的一股力量，强烈推动着这个20岁的女孩勇往直前，也养成了她认死理、一根筋的精神。上水袖课时，学生们排成一列与老师面对面，一招一式跟着老师不厌其烦地比，错了后还得重来，做不到位，老师会让你一直做，直到正确为止。一节课下来，浑身累得像散了架，同学们恨不得立马回宿舍休息。但苏燕蓉通常是最晚走的那个，她拉住老师问细节，反刍课上的关键点位。"短水袖抖袖不能超过三下，一二三一定要收起来；长水袖收的时候，中指顶住中缝，要收得干干净净……"每一次，苏燕蓉都一定要到自己全部搞懂、动作非常纯熟才放老师走。节假日，她也很少出去逛街休闲，一个人泡在排练厅，把一件水袖衫从新练到旧，不停地收，不停地放，不练到迅疾如电，今天就不算完。

2 /

更进一步被水袖之美折服，是在大专班最后一学期。中国戏曲学院派了廖琴老师过来给同学们做现场教学。苏燕蓉看着老师的表演，似乎感受到了她身上散发出来的味道。苏燕蓉发现，水袖在舞台上的呈现，做到极致的美是舞蹈化的具有浓烈中国特色的化境。它不是纯粹肢体的展现，而是一种气韵之美。廖琴老师熟练运用着水袖，她的水袖仿佛有了灵魂，加上气韵后的掸袖抛袖，灵动着戏曲的飘逸之美，全身的气韵仿佛都流动了起来。这时的水袖，就是情感的延续、手臂的延伸。苏燕蓉那时才深深体会到，书上说的"三形、六劲、心意八、无意者十"所为何意。演员按照对人物的理解，心有所思，劲有所动，神形兼备，形成一种浑然天成的气韵，最终才能真正打通任督二脉，体验"俯仰皆是戏"的美好感觉。

大专两年，苏燕蓉一直是班上最努力的学生，也是老师眼里的优秀种子。毕业班的汇报演出典礼上，苏燕蓉被老师钦点，压轴演出折子戏《詹典嫂告御状》。这出戏是海派歌仔戏名家谢月池老师的代表作之一，但在原来的表演中，谢月池老师并没有甩长水袖。因为歌仔戏大专班有学1.5米的水袖组合，于是戏曲学院的辛雨歌老师便和谢老师商量，想在戏里加点水袖动作，增强人物性格，让苏燕蓉在压轴表演时挑大梁。为了这个十几分钟的折子戏，苏燕蓉没日没夜练了一个多月，排练厅里，常常是刚开始有好几个人一起练，到最后教学楼快熄灯时，只有苏燕蓉一个人还待在练功厅不肯走……

有一天，苏燕蓉练完之后一身汗，便随手将戏服披在了把杆上，第二天，老师问她是不是将水袖熨过了。苏燕蓉丈二和尚摸不着头脑，拿起戏服的长水袖一看，原来，经过自己长时间的收放练习，水袖上已经现出了一道道自然的褶子，活像用熨斗专门烫过一般。

看来，水袖也有自己的"肌肉记忆"。苏燕蓉的水袖，自此算是练到了一个新的境界。

2000年6月20日，北京长安大戏院，21岁的苏燕蓉饰演詹典嫂，她收放抛掸打，云手片花块花立花，把水袖玩得出神入化。袖花飘舞间，苏燕蓉得心应手，实现了从量变到质变的过程，并体味到了奋斗的精神之美。从打破"铁"饭碗辞职再读书后，苏燕蓉一直给自己一个期许——坚守，拼搏，直到惊艳所有人。

3 /

2000年9月，学成归来的苏燕蓉再次回到了厦门歌仔戏剧团。时光仿佛停止，这里的境况和两年前一样，下乡演出时还有老人家看个情怀和记忆，没戏可演时一整天就是等着点名。有一回，他们去莲花影剧院演出，台下仅有四五个银发老人坐着，台上演员比观众还多。

8年辛苦付出，并无用武之地，更深的迷茫再次袭来，长路漫漫，苏燕蓉觉得自己迷失了方向。

这时，有朋友介绍苏燕蓉去酒吧唱歌，一个晚上150元，当时，她一个月的工资才六七百元。这真是一个极具诱惑力的事，反正白天也没啥事，团里只需清早来点个名即可。她自己跑去酒吧试唱，老板都很满意，可是一听说上班时间是从晚上9点到凌晨3点，苏燕蓉当即就放弃了，她潜意识第一个想法是——我早上还要起来练功呢。妈妈知道了这件事后，语重心长地对苏燕蓉说："钱是赚不完的，你如果改行了，也就对不起8年的付出。"

既然没事做，那就自己找个事做吧！妈妈特地从老家过来陪伴女儿，在她的鞭策下，苏燕蓉每天清早都去中山公园练功喊嗓，并继续苦练水袖花技巧，怎么收半袖后再转花，怎么做出各种立片花、平面花、大刀花等形态，怎么双手转单手转翻身等。

就这样坚持了一年。

2001年，歌仔戏团里有一个去上海戏剧学院戏曲导演进修班学习的机会，好学肯学的苏燕蓉很幸运地成为第一人选，前往上海继续深造。能够换环境再次学习，苏燕蓉很是珍惜，她在校园里勤勉用功一如往常，不是导演班的课也去蹭课旁听，像海绵一样不停地学习不停地吸收。

这样一过又是一年。

4 /

导演班学成归来后，团里开始排演曾学文老师的原创大戏《邵江海》，苏燕蓉饰演剧中邵江海的师妹"春花"。排练中，她发现，人生没有白走的路，以前的表演是被动演绎，角色分配到自己身上，弄清楚行当、道白、唱腔，导演让怎么走就怎么走。但这回，苏燕蓉更习惯于主动创造，去思考，另行提出想法，再做必要加工。她经常跑去跟导演沟通，"我觉得这个地方情绪好像不够"，"我这个动作是不是更好"……剧中，春花和少爷逃跑那场戏，苏燕蓉练了成百上千次，背手找墙壁，力道分寸的把握，扶墙状态的正确与否等，她都要求精益求精。

《邵江海》中的戏中戏《六月雪》，是"春花"遭辱后的登台表演，也是自尽前最后一次表演。那种悲愤、不甘和呐喊，仅有唱、念显然不够。于是，导演找来苏燕蓉，让她先按自己的感觉舞动水袖，然后再一起定动作，哪里要有"点位"，哪里要抛，哪里做花状等，苏燕蓉和导演一起，共创了许多水袖的动作来表达人物情绪，于是有了剧中"春花"的完美呈现，淋漓尽致的水袖表演，成了戏里不可或缺的黄金点。苏燕蓉演出了乱世之下戏曲演员的悲情，也演出了水仙含情求而不得的楚楚动人。情、技高度融合的表演，让人物有了内核，也让观众有了满足感。

"春花"这个角色，让苏燕蓉获得了文化部第十二届文华表演奖，也让她更进一步明白了——职业生涯的厚积薄发，一分一毫都是积累，一点一滴全是收获。

2009年，苏燕蓉获得了中国戏剧梅花表演奖，她成了百年歌仔戏的第一朵"梅花"，这是中国戏剧表演艺术的最高奖项，也是每一位戏曲演员毕生追求的目标。那一年，苏燕蓉才31岁。这之后，没有什么角色能让苏燕蓉退缩，她不停地挑战自己，"没有小角色，只有小演员"，不管戏份多少，她都愿意为塑造一个角色而废寝忘食，全情投入。她在表演方面积累了许多宝贵的经验，又通过导演专业的学习打开了另一扇窗。她说戏曲的表演，每次都是现场直播，唯有不断精进技艺，才能减少出错率，向观众奉献最精彩的演出。

长期练习长水袖，会让手臂变得粗壮，夏天穿无袖的衣服不好看。舞台上也并非经常需要长水袖，所以这几年苏燕蓉练得少了。但每当重要演出需要表演时，她总会提前几天突击练习。有一次，她接到中马送王船世遗演出的通知，时间只有两天，3米的长水袖功，一时要恢复实在吃力。加之那段时间苏燕蓉正在导演新戏，白天没空训练，晚上在剧场盯戏要持续到散场。要强的苏燕蓉便利用散场后的时间加班加点日夜不休，直到运用自如才作罢。

她一直是这样跟自己死磕，要以一技之长，拿出别人所没有的专业。要把自己手中的每件事，都尽力地做到最好。

5 /

苏燕蓉不仅严格要求自己，进校园做传承时，也是这样要求学生。一比一画一招一式，她都希望可以到位。训练水袖时，一个收袖的动作就要示范十几二十遍，一次次地抠，一点点规范，间或用理论说明注意要点——水袖收的时候，不能跟劲做对抗，要顺着力道。

同一个动作教了一次又一次，整个学期多次往返，教学时自己也要多遍示范，半天课下来，累到手抽筋。但，苏燕蓉认为学习来不得半点马虎，严厉比和稀泥好，抓得紧才是爱生之道。而且，她觉得这也是一种教学相长的过程，不仅教了学生，自己又重温了一遍这个戏，双重收获。

对于传承教学而言，苏燕蓉认为，长期在舞台上摸爬滚打的人会更有实操性。实际教学中，她不仅教学生动作形体，也教出现差错时的备用方案，以及如何补救等。有时，为了一个水袖的细节动作，苏燕蓉都愿意一遍一遍慢慢地讲、细细地讲，直至确认都做到位为止。

苏燕蓉在厦门已经培养出了两朵"戏曲小梅花"，分别是厦门海沧北附学校"小海豚戏曲社团"的夏米莱和厦门艺术学校18级歌仔戏班的陈静怡。苏燕蓉说，传承不仅是在培养演员，也是在培养观众，让孩子们提前接触戏曲，把传承的种子播进她们的心中。也许她们未来并不从事表演，但提早让学生对传统的地方戏曲多点了解，慢慢吸收，是培养观众的方式之一。毕竟，培养懂得欣赏戏的观众，培养好演员，排演好剧目，缺一不可。

技艺

1. 收袖

水袖基础动作，用中指顶住中缝，将水袖迅捷收回，收得干净利落，快如闪电。

2. 抛袖

收完袖后要再抛出去，向外抛、向上抛、向左抛、向右抛均可。

3. 拂袖

将水袖靠大腿前一展，随即往旁一抖，左右均可。表示整衣掸尘之意。双抖两抖，多在出场亮相时做整冠理鬓等动作。

4. 投袖

又名摔袖，两袖齐往旁摔去，左右均可，也可单摔。表示生气发怒之意。

5. 掸袖

先将胳膊肘往回一转，将袖横着往外低掸去，左右均可。表示人要离开的意思。

6. 荡袖

两袖同时做蝴蝶翅式，先往里一抖，再往外一甩。表示着急，没有注意。

7. 掷袖

又称扔袖，先右袖，再左袖，将袖一抓，再往前直扔。表示无可奈何之意。

8. 掩袖

将袖抬至脸部，前手往里弯，肘要圆形遮脸，后退一步再将袖往下，眼往外看，重复三次。表示又想看又害羞。

9. 摆袖

右手扯着左袖尖往左面、右面身后反复摆动，次数不定。表示飘洒自如（多用于旦角）。

10. 扬袖

举袖手往上抬，将袖头往里一抖搭于手腕际，眼往远看，左右均可，表示剧中人远看或叫锣鼓。双扬袖，双手动作，表示高兴。

11. 捧袖

两袖往里一翻搭于手臂之外，再拱手到嘴前，先后摇动三次。表示哀求或诉说事情。

遇见更美的自己

接到报社要采访苏燕蓉的任务时，我脑海里浮现出的是2007年的歌仔戏《邵江海》首演，年轻的春花妹妹文弱纯美，我见犹怜。近20年过去了，坐在我面前的苏燕蓉身材容貌并没有太多变化。两个半小时的采访，她谈戏谈水袖技艺，觉得语言描述不清楚时，会起身做动作。一招一式，春风沉醉。

苏燕蓉身上有一股劲，娇美袅娜的外表下面，藏着阳刚而执拗的内心。她自小就对自己要求很高，13岁来到艺校，一个人承受着来自生活与学业的压力。能自己做的事绝不假他人之手，能做得更好的事一定要做到极致。她总是习惯于给自己加码，不怕苦不怕累，希望好一点，再好一点。

她说一个人不能没有一技之长，她相信天道酬勤。

采访时，苏燕蓉会对每个字的写法与读音再进行确认，碰到专业的戏曲术语，她就不断换字组词，以让我区分同音字。她跟我探讨"褶"字是示字旁还是衣字旁，甚至还用上了"窠臼"一词。丰厚充足的知识储备，使得她拥有不凡的谈吐，所聊内容的深度与广度，都在我意料之外。

说动作说招式，苏燕蓉知其然也知其所以然，她先比画，再说名称与理论。水袖的由来；它的功能性和表演性分别是什么；短水袖抖袖不能超过三下；收的时候，中指顶住中缝，要收得干干净净。什么是云手、水袖，什么是反衬法。苏燕蓉信手拈来，掰开了揉碎了，说得浅显仔细。

问及苏燕蓉的个性形成，她说可能跟妈妈是四川人有很大关系，妈妈性格火暴、强势。苏燕蓉觉得自己和妈妈很像，基因里带来的东西变不了。妈妈要她学会强大自信："你如果想清楚了就去做，不要犹豫。"还教她要做个善良包容的人："无论面对什么人，都不要忘了该有的礼貌。"燕蓉觉得，是妈妈一直以来的鞭策，让自己有勇气去对抗这个世界的飞短流长，是妈妈让她懂得人要有悲天悯人的情怀。

经过多年的历练和打磨，苏燕蓉认为，为人处世可以谦和低调，但专业上一定要执着高调。戏比天大，说的大概是这个道理。然而，再坚强的人也有自己的软肋，谈起女儿，苏燕蓉忽然就红了眼眶。由于工作忙碌，她陪女儿的时间极少，女儿在寄宿学校上学，好不容易周末回家，燕蓉又因为要去外地演出，错失了母女相聚时光。电话中，7岁的女儿问："妈妈，你什么时候能来看我？我可真想你。来时给我带个肉松面包好吗？"

母亲的共情，让我在那一刻陪着她泪盈于睫。

时代虽然不断更迭，但一位女性想在自己的领域做出成绩，仍旧十分不易。来自家庭，来自孩子，来自各方面的压力，都是生拉硬扯的桎梏。唯有内心强大的人，才能将压力生生转化成动力，方能做出一番成绩。

对于女性而言，星辰大海和征程万里，有时也只是缘于我们想"成为更好的自己"的一点初心。而，人生最值得珍藏的幸福，恰在于此。

林国辉

1950年生，福建省戏剧家协会会员，退休前任龙海芗剧团导演、团长。

林国辉：人生如戏，妙手偶得

　　龙海，地处九龙江出海口，是"海上丝绸之路"的始发地。山村海岛，城镇街巷，闽地芗音绕耳。傍晚的广播定时传送芗曲，六点档固定看台湾歌仔戏连续剧，唱片卡带里不是流行歌曲，而是如《三凤求凰》《吕蒙正》《白扇记》《主婢恋》《三家福》《白《煎石记》等芗剧，20世纪80年代后还有歌仔戏戏曲电影《郑元和与李亚仙》跨越海峡而来。芗剧，是闽南的文化，从业者众，剧团也极多，高峰时达300余个。

　　在闽南，在芗剧界，导演林国辉是个知名人物，在艺界拥有较高声望，被称为百科全书。各大剧团不能解决的问题，如音乐、剧本、传统文化，抑或是闽南谚语的读音，在林国辉这里都能找到答案。有人如是说："林导天顶知一半，地下知齐全。林导排的戏，就是好看，就是创新，就是和别人不一样。"

1 /

闽南地界长大的孩子，大多会随口哼几句芗剧。1952年，3岁的林国辉在父亲的店门口玩，他不知道为什么，忽然就唱起了海澄县第一次物资交流会上的芗剧杂碎调唱段"物资交流大会开，街头街尾闹猜猜，毛主席扬名四海……"唱完还要表演，旋转一圈以示结束。还有"若没入社是个体，亲像孤鸟山边飞，独木小桥人走过，小船不敢出大街"等唱段。邻居午后过来泡茶时，经常会对他说，"阿狗，阿狗，你唱得真好听，我有一粒石头给你吃，你再唱一遍"。小石头透明而有棱角，放到嘴里，甜丝丝的。林国辉于是又乐滋滋开唱，引来大人们阵阵掌声。那粒小石头是冰糖，在当时算是紧俏物，林国辉初始的芗剧记忆和甜与蜜，很好地结合在了一起。

音乐的天赋或许是与生俱来，对表演的感悟应该也是。1958年海澄县共青团第六次代表大会，少先队推选二年级学生林国辉去读贺信。那是林国辉第一次上台，舞台灯光明晃晃，底下一片黑暗。林国辉有些慌乱，但很快就稳定下来，

"亲爱的共青团的大哥大姐们……"字正腔圆读完，还郑重行了个队礼。这时，掌声雷动，观众席灯亮，林国辉发现原来台下满满都是人。后来学了表演，他才知道这就是"当众孤立"。此后，少年林国辉一直是学校里的小戏骨，他演英雄张高谦，抱着羊戴红领巾，坐在高高的车上，沿街游行，颇有万人空巷之感。也演当时流行的以倡导正能量为主的文明戏，穿着表哥从南洋带回来的衬衫，扮演一个新中国成立前回国探亲的华侨杨梦美。

林国辉的学业也很优秀，六年级已经将中国汉语的诸多修辞手法学得滚瓜烂熟，各种作文和句式也信手拈来，凤头豹尾猪肚，前后呼应结尾提升，主谓宾定状补等，均掌握娴熟。小学毕业时，林国辉以双百分考入龙海二中初中部，刚进校，就任少先队大队长，还进了校文工团，很快成了艺术骨干，俨然是个小名人。

林国辉读初二时，福建师大艺术系的曾国强老师来学校教音乐。曾国强有很强的音乐素养，钢琴弹得很好，会很多乐器，上师大前读过厦门艺校，舞蹈跳得很好。某一天，他路过教学楼时，听到林国辉在唱歌，声音洪亮，高音部分也处理得很好。曾老师对这个聪颖的孩子留下了深刻的印象，便经常给他开小灶，培养他当指挥，学作曲、钢琴、手风琴、二胡、笛子，还教他跳舞。林国辉关于艺术最初的正规修养，是来自曾国强老师。

当时，林国辉家里非常清贫，他的上面有3个姐姐，下面有3个妹妹，中间是3个弟弟，家中12口人，仅靠父亲一个月38.5元的工资，经常吃不饱。父母都盼着他赶紧读个师范学校，毕业后赶紧出来赚钱贴补家用，陈玉章校长则是将他当成了清华北大的后备力量，亲自登门去家里做工作，希望林家父母可以供儿子好好上高中，冲刺更高学府。

1966年，正当他初中毕业后进行中考复习冲刺时，"文化大革命"开始了。书没办法再往下读了，上师范还是上高中的分歧自动消失，林国辉想读清华北大想成为院士想去填补某一个学科空白的梦想，也成了空想。那段时间，林国辉是图书馆里的常客，他读书杂，但凡知识性的书都要看个究竟，总觉得有一天能用上。阅读成了林国辉自娱自乐的消遣，同时他也在文艺队当副队长。得益于曾国强老师的帮助，林国辉写歌、编舞、排节目样样在行，艺术才干得到最大程度的发挥。这支宣传队后来成了校文工团，每天排节目下乡巡回演出，几乎成了专业的艺术团体。

2 /

　　1969年临春节前，林国辉作为东泗公社宣委直接点名的二中宣传队骨干远赴东泗清泉村。从海澄镇区出发，中午在东泗公社所在地碧浦吃了午饭。下午，各大队都坐手扶拖拉机走了，清泉大队只来了几辆独轮车拉行李，十几个知青步行山路十八弯，一路尘土飞扬，直至天黑时才终于到达。乡民们正在蒸草粿，看到知青来，第一反应是赶紧将蒸笼盖得更严实些，生怕吃食被拿走。林国辉不以为意，带领知青们天天出勤参加劳动记工，晚上组织当地文艺青年参加大队宣传队。那时清泉村还未通电，一到晚上，旧祠堂两盏汽灯下的排练活动点，就成了全村男女老少的最好去处，祠堂里面、前埕、后埕、两侧的小巷，全都坐满了人。

　　在清泉，林国辉身兼数职，既当编剧，又当导演，还当演员和乐队、艺术管理等。他还和当地的乡土艺人学习完整的芗剧四大调和各种芗剧曲牌串仔。有天晚上，林国辉演了一个忆苦思甜的现代芗剧小戏《一个破碗》，学到了七字仔停板的各种情感行腔造腔。林国辉声音高亢清亮，如泣如诉，高潮部分飙起悠扬高音，引发现场掌声雷动。清泉的芗剧老前辈说："年轻人，你一看就是唱芗剧的料。"那是林国辉成年后第一次正式表演芗剧，山里天近，从清泉的晒谷埕抬眼望去，仿佛手可摘星辰。林国辉第一次觉得，芗剧的音乐原来这么好听。

上山下乡的青年，都照顾安排在耕山队做工，相对比较轻松。林国辉却主动申请下小队当农民，向老农学习。下田时，他赤脚蹚泥，被蚂蟥吸血也不在意；运送水稻时，他一次可以载6包，90斤一袋，6袋有540斤；播种时，他速度极快，从田头到田尾，不走虚趟。有一回与种田能手拼速度，也就只差一小垄。

端午节，知青放假一天，林国辉带着十几位知青，统一身穿中粮麻袋缝制的劳动衣，腰扎龙海纺织厂生产的劳动汗巾，头戴斗笠，外披棕蓑衣，脚上清一色的长筒塑胶雨鞋，刻意选择在清早的时候，排起整齐的队伍，高喊"一二一"的队列口号，雄赳赳地开进了海澄古镇小街。被惊醒的沿街居民，纷纷打开二楼三联窗向街上探望。从他们先是惊诧后是惊喜的眼光里，可以看出他们已认出谁家的儿子和女儿了。沿街自发响起掌声，然后响起了开门声，有人把知青拉入门内，隐隐约约从关好的门里传出了哭声。

宣传队小型多样，有歌舞有乐器有芗剧，都由林国辉来当导演。他们排练《白毛女》，组织回龙海二中演出，由林国辉饰演大春哥。许多次成功的节目创作，都充满了文艺青年的奇思妙想，引发不小的震动。清泉宣传队的名气越来越大，会演引起漳州市文化馆的重视。某一日，市级艺术团体的9位负责人，竟相约一起从漳州市区骑自行车到清泉村来，他们实地观摩林国辉的表演，回去后赞不绝口，并向组织推荐，说清泉有个年轻人非常不错，如果要准备组织县级宣传队，一定要叫上他。

1970年，20岁的林国辉从县普及样板戏培训班300多名学员中脱颖而出，成为22名留在龙海县毛泽东思想文艺宣传队的其中一员。他们把演出的道具和行李放在板车上，徒步到各村去宣传。林国辉当时已经有创编能力，会导演各种各样的小戏，把毛泽东思想融入各种唱段，沿村宣传，龙海的山山水水都曾留下他们的足迹。那段时间，林国辉在艺术的边陲地带自由自在地发展，看似松散，但却一步步走得扎实。

3 /

与吴清岳老师的相遇，是林国辉人生中的转折点。1972年，福建省艺校老师吴清岳下放到东园镇，他原是福建歌舞团最年轻的演员，后为省艺校舞蹈老师，多才多艺，龙海县委决定调他来当文宣队队长。吴老师第一次走进排练大厅时，大家哄堂大笑。林国辉也笑得直不起腰来。吴老师丈二和尚摸不着头脑，便问"我有那么可笑吗？"学员赶紧向他解释说："您跟林国辉长得太像了。"1933年出生的吴清岳，比林国辉大了17岁，相貌上的相似和对好苗子的重视，令他对小国辉很垂青，他拿出自己珍贵的藏书《论演员的自我修养》等，让林国辉在自己的宿舍里研读，勉励他要朝导演的路上走。他在宿舍里给林国辉讲戏，从总体格局到导演理论，戏曲的节奏、焦点、场面处理等。他也在宿舍里给林国辉做菜吃，带着他到处去考察，支持他去看好的表演。

那个时候，林国辉正为自己的定位而茫然。他唱腔好，扮相帅气，本来是当主角的料，但身材瘦小，不适合演样板戏。想从乐器突破，学习手风琴和笛子，又都感到技不如人。想着是否可以从作曲着手，但当时作曲家林其富已经是很专业的人物，林国辉觉得自己也超越不了。恩师吴清岳指明的这条道路，仿佛是一道光，忽然把林国辉心中的阴影全部照亮。他跟在吴清岳身旁排《龙江颂》的芗剧版和京剧版，导演需要对剧本进行二次创作，强调什么、歌颂什么，都要做到有所侧重有所选择。林国辉此前的野蛮生长，实则是博采众长，他原来学过的唱腔表演跳舞音乐，都成了导演行当所需的基本功。

吴清岳排戏很用心，有时一个小细节可以反复排上好几次。《龙江颂》中，为了盼水妈的一小句台词，吴清岳先讲解，后示范，再三强调，反复重来，前前后后排了40多遍。这些方法和习惯，林国辉默默记在心里，后来也都用在了自己的作品中。他觉得，一出戏可以排一年的导演，标尺很高，不一定就不如排一个月的导演差劲。一出戏排三年，每次排练还提出新的要求，更有可能是其中的佼佼者。

4 /

跟了吴清岳几年，林国辉事无巨细，深度参与，渐渐可以独当一面。1976年，林国辉独立排练芗剧小戏《南江彩虹》，他把自己原先的积累全部调动起来，思考舞台怎么调度，音乐如何设计，演员要怎么训练表情等。他聚焦水乡特色，创排了神似《洪湖赤卫队》采莲舞的几个片段，载歌载舞，让人耳目一新。《南江彩虹》参加福建省现代小戏会演引起轰动，上了《福建日报》头版，青年导演林国辉由此进入大家的视野。

随后，剧作家姚溪山与魏乃聪，将龙海革命英雄王占春的故事进行改编。林国辉深入一线，跟着剧作家采风，亲自到王占春的故乡九湖体验生活，去找当时的地下交通员，采访王占春的老师、朋友，收集各方面的资料，了解当地的传说等。排戏卡壳时，林国辉又多次回现场寻找答案，自己参与调整口白唱段等。经过一年多的努力，这部名为《龙岭春晓》的芗剧终于诞生，并一路过关斩将，成为第一部进京为新中国成立30周年献演的剧目。这一次进京，是芗剧剧种第一次登上北京的舞台，全国人民第一次知道东南沿海的这个地方剧种，林国辉也因此被誉为"福建省最有前途的优秀青年导演"。

荣誉当前，林国辉反倒迷惘了。他对自己一直是有要求的，他认为一个戏曲导演必须具有扎实的基础和深厚的艺术修养，对于戏曲艺术除了要有丰富的实践经验，更得有宏观把控的能力；要对中国的古典作品和优秀的传统戏有深刻的领悟；要能确定方向，拎出主题；要有指导演员"化无形为有形"的"真本事""硬功夫"。

恰在这时，林国辉得到了去中国戏曲学院进修一年的宝贵机会，颇有些心想事成的味道。30岁的他只身一人远赴北京，成了班里年纪最小的一位。他认真学习，上课积极回答问题，每节课都不忘带上"三用机"（录音机），把课堂内容一一录音，到了宿舍立马记到本子上。很多同学都来找他借笔记，著名导演李紫贵也对他印象深刻。5年前，林国辉曾跟着"南吕"吕君樵导演学习，到北京后，又有幸跟随"北李"李紫贵导演。在北京一年，他熟研戏曲史，对三大表演理论体系都通透了，8年的实践在此得到升华。林国辉感觉自己的视野大大开阔。

中国戏曲学院导演班结业时，福建省艺校本想让他去福州创办编剧班导演班，林国辉却婉言谢绝了。当时的他一心想着回龙海，为办国家芗剧院做准备。然而，受人力、物力、财力的限制，国家芗剧院并没有办成，在北京时的踌躇满志成为空想，林国辉将一腔心血投入群众文艺工作中，倒也如鱼得水。然而，1991年12月26日，林国辉被任命为龙海芗剧团团长，用他的话说，叫临危受命。芗剧团是个大集体，团长的任务是调动大家一起为一个目标努力，并非仅仅做好自己的事就可以。而此时，剧团正逢"地震期"，林国辉每天奔波于各处，处理各种新状况，有些措手不及，很是过了一段"在火上烤的日子"。他一碗水端平，提出双向选择方案，愿意走的可以办理停薪留职，选择留下的，就要好好配合工作。

同时，他也将重心慢慢转移，在开展好业务戏为剧团创收之余，不忘记打造会演戏，让每位演员都有崭露头角的机会。1993年，他导演的《疯女恋》参加福建省第21届戏剧节暨首届海峡两岸艺术节会演，与台湾"一心歌仔戏团"同台献艺。1995年又推出《侨乡轶事》参加福建省创作剧目会演，获省级导演奖，翌年进京演出，创造了龙海芗剧团二度进京的辉煌。

林国辉身上，有艺术家的热血、诗人的情怀、管理者的组织能力。他用导演的理论创排剧目，调度舞台，调度形体，也调度团部，把每个人都调到合理的位置。十年磨一剑，可以把一个戏从粗糙磨到精细，也可以把一个团慢慢带上正轨，摆到正确的位置。

5 /

中戏导演班毕业时，林国辉就一直在关注浙江小百花越剧团，计划也在龙海办一个歌仔戏的小百花培训班。1993年，此事终于有了眉目，龙海市芗剧团与龙海三中合办"小百花芗剧艺训班"。三年的教学计划怎么定，教材怎么编写，请哪几位老师教唱念做打更专业，都需要林国辉一一去计划和落实。场地困难，林国辉在石码海澄到处跑，多方打听，听说石码镇高坑小学即将并校，林国辉连夜冲去找高坑支部书记，为艺训班谋得一个固定的地址。没有乐器，林国辉找到几位老师傅，从竹器社买大竹削片，到榜山村找原始的藤条做刀枪，又请莆田人做棕垫来当练功的垫子。春节时也顾不上过节，跑去上海买靠旗、买戏曲服装、买后台的大提琴等，用来充实团里的服化道。

林国辉招演员颇具前瞻性，有自己的一套标准：一要漂亮，二要声音好，三要有灵性。以表演和唱腔为核心的职业，前两点是硬性要求，灵气则代表悟性。林国辉说，一个人只要有悟性，肯努力，即使动作不准五音不全，也能通过后天调整来补足，反之则只能出局。"小百花"招生时，有两位小姑娘来面试，一位相貌极佳，团里的老师觉得留下来就算当丫鬟也养眼；另一位相貌平平，但林国辉力挺，觉得是可造之才。一段时间的训练下来，那位相貌较好的同学果然不是唱戏的料，动作僵硬木讷；那位相貌平平的姑娘，扮相靓丽眼神灵活，举手投足都是戏。林国辉常说，相貌和扮相不是同一回事，扮相扮相，就是指化妆打扮起来的相，选演员就得眼光锐利，想象他（她）以后扮起来的相。当然，还得看是否有灵气，灵气最为重要。

艺训期间，林国辉常常早上6点起床，到紫云岩半山坡盯早课，学员们先是要喊嗓半小时，而后开始练基本功，腰腿功、形体功、把子功、毯子功等，林国辉都要求过一遍。在他眼里，学艺必经艰辛，功法和唱腔是第一位，不付出努力，就难以成才。

小百花艺训班走出了多位好苗子，林国辉并不限制学员的发展，只要觉得哪个人有潜力，他必会推荐他（她）走得更远更好。当得知厦门戏曲舞蹈学校与中国戏曲学院联办歌仔戏大专班即将招生的消息时，林国辉第一时间将这个消息告诉了已在龙海芗剧团工作的原小百花艺训班学生曾宝珠、林志杰等人，鼓励他们好好备考。当时，曾父并不愿女儿去，林国辉亲自上门劝说曾父，分析利弊，动之以情，直至他最后半应半允。动员学员徐玉香应考时，林国辉更是跑到了位于程溪粗坑的深山老林里，在龙海第一海拔的山上，与她的父亲住了三天三夜。

如今，这些学员都在业界拥有一定知名度，也在各自的岗位上做出了不平凡的成绩。有人说林国辉太"神"，看人太准，而他本人则答，一个人想要干成事情，必须要踏实肯做，胸怀高远，一直为一个目标奋斗。要深邃、不浅薄，把目光看远，有"大人才"的观念，才能赢得更多的成功。

除了对"大人才"的见解，在林国辉的认知里，还有"大芗剧"的观念。1996年，为进京会演，林国辉花巨资30多万元为剧团添置了8套无线麦克风设备。这在当时还是稀罕物，偶尔大型演出用一次，林国辉都要求用酒精擦拭，再封箱保存。过了不久，邻县有个芗剧团也要进京演出，听说龙海剧团有整套的设备，便斗胆来借。当然，他们也知道此物的珍贵，也只是想着试一试。不想林国辉答应得很干脆，又很快去帮忙申请借出。在他看来，芗剧进京是大好事，不管是哪个团，都是对这个剧种的提振。专业团业余团，自己的团他人的团，只要能唱好芗剧的，林国辉都认为是好团，也必定要伸出援手。遇民营剧团偷借剧本演出，他从不追究责任。

　　大家一起携手聚力，把芗剧做大做强，一直是林国辉心里最重要的一件事。全国300多个剧种中，很多戏原来也仅是小剧种，靠着几代人的努力拼搏，才慢慢做强做大。林国辉认为芗剧虽受方言限制，但同样拥有自己广阔的空间，整个闽南地区、广东北部、浙江南部、台湾全省、东南亚各国，乃至世界上只要有华人的地方，闽南话都能通行，也自然有人会看芗剧。

6 /

　　2007年，龙海市委宣传部的一位领导找到林国辉，希望他和几位芗剧界的前辈一起编辑《龙海芗剧丛书》。当时，林国辉的父亲病重，正是需要人照顾的时候，他担心自己无法分身，没有马上答应。在一个偶然的场合，他听宣传部领导说了一番话："摧毁一个国家容易，摧毁一个国家的文化没有那么简单。一场地震可以让一座城不复存在，但文化的、艺术的，却能历尽千载，星光熠熠。"林国辉很受感动，当即应承下编辑工作。

答应容易，要做成事情还得循序渐进。编委会首先去邵江海家挖剧本，发现剧本有脱节，需修补；又去方鸿桃和魏乃聪家，一家家找过去，要打印，要订正，都不是易事，得知难而进。林国辉一边在医院里照顾弥留的老父亲，一边挑灯对稿，7本一套的书，其中有6本由林国辉校对，一本要过6遍，有好几次他趴在床沿校稿，看得久了书稿掉满地，一头栽到了地板上，摔出一个大包。饶是这样的用心，也仍有差错，书付梓后，林国辉发现"你真是一个情深意重的女裙钗"钗字误写成"衩"，简直气结。

这套300多万字的《龙海芗剧丛书》，收入龙海籍6名剧作家的精心力作6本，以及《龙海芗剧史料》1本，由中国戏剧出版社正式出版，为龙海的芗剧事业做了一个继往开来的集结，也让后辈能有机会品读老一辈艺术家的作品。漳州民间芗剧剧本历来分布零散，文献资料良莠不齐，使得芗剧的研究工作发展缓慢，本套书的收集和整理，实属功德无量。

2009年3月，龙海市老年大学增设芗剧班，聘请林国辉当老师。2010年3月，临近退休的林国辉又被市委宣传部、市教委、市教育局联合聘为龙海市学校艺术团团长。和当年的小百花艺训班一样，这又是一个从无到有的过程，大到要写建团方案和章程，小到需要多少器具、舞蹈把杆如何架设，林国辉都要过问。

眼界高、想得远、想得多，历来是林国辉的行事风格，而他也确实拥有统领八方的本事。不到半年时间，七一晚会成功举办，250多位演员，20多个高品质节目，让人大开眼界。龙舟竞渡，闽南风情，林国辉还专门策划了一个闽南语讲故事环节，以小提琴伴奏，解说了闽南语的由来。林国辉亲撰解说词，谈到世界上只要有华人的地方就有闽南语。奇思妙想组合成了节目的创新，艺术以全新的形式活灵活现展现在观众面前，不由让人拍案。当年春节，艺术团还邀请金门县合唱团，办了一场畅叙两岸情的元宵晚会。

三年任期，林国辉从无到有建了一个团，并分建了60多人的老师合唱团、60个人的童声合唱团、青年教师为主的青年舞蹈队、两支少儿舞蹈队、民乐队、曲艺队等。

7 /

2010年10月，林国辉正式退休。对于一个有才干的人来说，退休不是结束，反而是另外一种全新的开始。林国辉深深明白，芗剧的传承不仅仅是剧目的创新，更应培养新演员和新观众。因此，他退而不休，有意识地选择一些好苗子，进行培养输送。

海峡两岸名角评选期间，林国辉对多名参赛者进行培训，指导他们完成赛前最后几关的冲刺。比赛结束，几位学员都取得了不错的成绩。林国辉又根据每人的不同资质，分别鼓励他们参加福建省第十二届戏剧"水仙花"奖比赛。当时，还在民营剧团的林志坚获"水仙花"民营组三等奖，因此招聘进漳州市歌仔戏传承保护中心，之后又考取漳浦县竹马戏传承保护中心的正式编制，戏剧人生由此翻开了崭新的一页。

龙海一中的陈苏遥，自幼儿园开始就一直由林国辉老师带领学习，每天傍晚放学后过来学习两个小时，雷打不动，多年一直如此。林国辉一直以公益的方式教导，分文未取，逢参赛，还为其设计剧目，并进行排练。2024年第五届福建省中小学生（少儿）戏剧展演暨中国少儿戏曲小梅花荟萃福建选拔赛中，陈苏遥荣获福建省一等奖。

这样的例子有很多很多。林国辉对徒弟们的关心，深入生活与工作的方方面面，他教导大家平时要坚持写札记（日记），艺术上有什么体会，就在札记里慢慢记录和积累，这样方可为评职称写论文做准备。徒弟的论文，他也亲自参与谋划，要有几个论点、几个事例进行佐证；要借鉴时新的理论和研究方向，要引经据典，要创新，提炼出新的观点新的结论。为了能有与时俱进的扎实的输出，林国辉自己征订《福建艺术》和《中国戏曲》两本杂志，平时手不释卷，坚持研读导演的理论。

近年来，传统复兴是一种趋势，身为推动者之一，林国辉也积极地在这条路上前行，他走进各大校园进行宣讲培训，既为发现演员，也为培养未来的戏曲观众——一个剧种的未来，没有观众，也是走不下去的。如今，他的学生中有幼儿园的孩子，有厦门大学在读研究生，也有专业芗剧剧团的演员。林国辉努力地用自己的力量，致力于培养出越来越多的芗剧名角，期望地方剧种成为一门越来越有魅力的艺术。

"黄永玉一样的老头"

生于1950年的林国辉，属虎，今年已经75岁。但如果不说年龄，你会以为他还很年轻，思维清晰，妙语连珠，言行举止仍是虎虎生威。

林国辉很健谈，聊起戏来，更是山河广阔、奔流不息，有黄河之水天上来之势。他说话幽默，引经据典，表情丰富，常常逗人发笑。加之记性极佳，回顾往事时，能讲出具体的时间地点人名。这样的采访很顺利，不用多启发，只需略加引导，提示时间点，一条线便顺成了框架。

聊起大半辈子的导演生涯，林国辉说，精品是一种自觉态度，要做就要做出精品，我们不是庸才，不能碌碌无为。但他同时也知道，人的一生，过程更重要，不一定强求结果。比如打麻将，今天输，明天也会赢过来，愉快度过当时最重要。

工作以外的林国辉兴趣广泛，与年轻人交谈时，也常有时新的创意。他爱打麻将，爱看书、研习书法，也学点国画。他讲起有一回赏一位高人的国画，不免聊道："您这竹有点板桥遗风，但郑板桥的竹比较刚，竹叶感觉尖刺，跟画家性格似有关系。而你的竹，刚柔并济，有微风拂来之感，似是明清写意山水。"听者啧啧称其为同类，说自己画的确是迎风之竹，也确是明清写意国画。

林国辉当然也知道，什么都懂的人，也容易什么都不精通。思想到了，手不到，没办法钻进一个点里钻研，自然也就都浅。但这似乎也是导演的要义，导演要习得多元知识，博采众长，才能旁征博引，也才能统揽全局，让一出戏的方方面面都按照自己的判断走，最后才能呈现出相对好的模样。

林国辉自19岁上山下乡始，一直坚持写日记。即便忙极，几天未记，三四天后也必然要去追记。这些日记本，他每本都保留，已经堆了半间屋。习惯记录生活的人，通常也习惯自我反省。在对生活的记录中，容易疏解自己，放下心中块垒。林国辉年轻时路走得很顺，很早就享受成功的滋味，也经历过飘在半空的日子，那种众星捧月的感觉让人迷醉。但声名会鹊起，也会狼藉，生命里的各种水花，好的、不好的，不管是不是自己掀起的，都会静悄悄消失在时光深处，随着岁月归于平静。

回想往事，林国辉说吃多了亏，棱角也磨平了。如今回头想，没有自知之明的人容易故步自封，会变成自己的障碍。他告诫自己也告诫徒弟们，要清楚自己在行业内的层次，要鞭策自己不断学习，才能看到短板和差距，才能让知识更新，与时俱进。

此生种种，林国辉照单全收，是非对错，回头看都是过眼云烟。"人的命运是什么，你回头去看，发生的一切都是命，命运是学习的结果，也由性格决定。"说及此，林国辉仰头饮尽一杯茶，点起一根烟，又豁达地笑了起来。他说他从19点到24点，打5小时麻将，回来后开始写书法记日记到凌晨两三点，第二天依然早起晨读，一整天神彩奕奕。

有人说他是像黄永玉那样的老头。我觉得也是！

曾宝珠

厦门歌仔戏研习中心一级演员，
国家级非物质文化遗产歌仔戏项
目省级传承人，中国戏剧家协会
会员，厦门市委宣传部首批"五
个一批"人才。

曾宝珠：天籁比霓裳

明末清初，郑成功率部收复台湾，大量闽南移民迁徙辗转去台湾的过程中，也带去了闽南的歌调。离家怀乡，心有牵挂，歌仔戏成为他们的精神寄托，那些坎坷的心事，就通过哭腔抒发。因此，在歌仔戏的唱腔中，哭调最具代表性，有【大哭】【小哭】【卖药哭】【七字哭】【艋舺哭】【琼花哭】【宜兰哭】等。听一曲哭调，悲伤便涌上心头。

歌仔戏苦旦声腔的凄凉感，仿佛具有勾魂摄魄的力量，曾宝珠即是如此，她的声腔，传承了歌仔戏在台湾、厦门和漳州等地不同流派的演唱风格。同时，她善于运用不同的方法和音域，表达特定人物的特定情境。曾宝珠的唱腔造诣在两岸歌仔戏界具有一定影响力，被赞誉"既有南方的委婉，又有北方的高亢"。

1993年，龙海市芗剧团与龙海三中合作创办的"小百花芗剧艺训班"，是曾宝珠艺术的起点。而在更早之前，她其实已经自发接受了歌仔戏的熏陶，每天看戏，自学唱腔，曲调像刻在脑海里的烙印，越唱越丰美流畅。文艺细胞突出的曾宝珠，从小爱唱爱跳，里三层外三层的人中，她敢站上前去，开口就唱。小时候曾无数次谈及理想，问及未来要干什么，曾宝珠唯一的回答是"当歌唱家"。艺训班到各个学校去招生时，她从3000余人的角逐中胜出。

初至艺训班，她感觉来到了"魔鬼训练营"，唱念做打缺一不可，早上6点起床，先到紫云岩半山坡上喊嗓半小时，然后开始练基本功。腰腿功、形体功、把子功、毯子功等，恽文德、郁美蓉两位京剧老师要求全部都上一遍。练功场条件简陋，如逢下雨天，屋顶便滴答漏雨。这些对曾宝珠来说都不算事儿，她训练刻苦，自发训练，特别是喊嗓，从不偷懒，喊半小时不够，自己再主动加上一些时间。她知道，对于歌仔戏而言，"唱"是首要条件，一定要啃下。

艺训班唱腔老师的专业素质都很过硬。林其富老师毕业于福建省艺术学院，师从邵江海，专业理论知识丰富，对传统唱腔颇有研究，龙海芗剧团《三凤求凰》的音乐创作便是由其完成。洪丽影老师文宣队出身，发音有民族夹杂美声的唱法，有自己的演唱特色。老师们常拿传统戏上课，发声方法的教习既科学又接地气，他们总能找到每个孩子的特点，让孩子们根据自己的特点进行训练，发挥自己的长处。多年后回望，曾宝珠觉得，自己发声位置的形成，有很大一部分原因，源于扎实的基础。

毕业后，曾宝珠以优异的成绩分配到龙海市剧团。在此之后的两年，她随团演出，小花旦、闺门旦、武旦等，样样拿得出手。特别是唱腔，亮处高亢，绵处婉转，情绪把握极到位，很快薄有名气。相恋的男友也在同一个剧团，年轻的曾宝珠以为这就是自己的一生。

但人生际遇往往超越个体想象。1998年，时任龙海市芗剧团团长的林国辉，带来了厦门戏曲舞蹈学校与中国戏曲学院联合创办歌仔戏大专班即将招生的消息。曾宝珠与男友商定一起报考，却遭到父亲的强烈反对。曾父的出发点，当然也是出于爱女儿，他认为，离开龙海芗剧团，就意味着切断了后路，女儿在龙海已经是主要演员，没必要去冒这个险，况且他也觉得，女儿连高中都没读过，高考肯定考不上。

尽管没得到父亲的支持，曾宝珠还是决定放手一搏，她边演出边备考，凌晨一两点回到宿舍继续读背，好多次在床头看书看到睡着，第二天清晨6点起床，抹把脸就到龙海一中补习班开始上课。

追梦向来辛苦，但机会不会错漏每一个认真努力的人。靠着拼劲与认真，曾宝珠最终超录取线107分，以287分的成绩考上了中国戏曲学院表演系歌仔戏大专班，2002年又成功考入中国戏曲学院表演系本科班。

2 /

离开龙海市剧团来到厦门读书，意味着一个全新的开始，也意味着此后再没有退路。曾宝珠丝毫不敢松懈，但她同时发现，16岁才开始接触戏曲的自己，和童子功扎实的科班出身的人相较，无论如何也比不上。

于是，所有的休息日、晚自习，曾宝珠都在练功房里，从炎炎酷暑到三九隆冬，她一遍遍重复着圆场、腰腿、水袖、刀枪、靠旗……从中国戏曲学院到厦门教学的辛雨歌、王晓燕、廖琴等几位老师看在眼里，也放弃休息时间单独给曾宝珠开小灶，一招一式，手眼身法步，讲解细致到位。基本功老师魏小春则根据曾宝珠自身的条件进行调整打造，适当加大训练强度……一学年下来，曾宝珠在期末获得了二等奖学金。

曾宝珠自始就将歌仔戏唱腔的学习当成自己的重点。起初，她跟着厦门歌仔戏名角陈葆宝老师学习具有厦门唱腔风格的唱段。第二学期，她跟著名歌仔戏表演艺术家谢月池学习，谢老师的唱腔带有浓郁的台湾歌仔戏风格，七字调、杂碎调、小调、哭调、七字连门唱信手拈来。听歌仔戏长大的曾宝珠，对于传统歌仔戏唱腔有特别的感悟，台湾月中娥的七字调，曾宝珠唱得有模有样，低沉委婉如泣如诉，在其代表作《平贵别窑》中表现得也很自然到位。有一回，章翡林老师上声训课时忽然说："宝珠，我发现你的发音位置跟别的同学不一样，音调比别的同学更高。这样很好，我不用帮你练位置，你按自己的发音习惯好好练就行。"

在龙海小百花艺训班时，也有老师觉得曾宝珠的嗓音条件好，但那时她本人并未感受到唱腔的奔放与张力，只模糊有音域低中高的定义。来到歌仔戏大专班后，她感觉自己对气息的控制、提炼，以及声质、张力等都有了很大进步，不仅音域宽了，对唱腔和人物的赋载亦有了更深刻的相辅相成的体会，也更知道如何从字里行间去琢磨了解人物。

传统老戏《安安寻母》里，曾宝珠饰演的庞三春被丈夫休弃，被婆婆赶出家门，只得暂栖庵堂，儿子"睡觉也想母亲，翻书也想母亲"，想见不能见，母子两离分。她回不去夫家，也不能留儿住庵堂，那种情感的矛盾与冲突，如何表达会更到位，曾宝珠反复揣摩，反复咀嚼每个字每个音，先吃透唱段背后的积淀，然后开始投入感情进行演唱，在唱腔中完成了与人物的共情和体味。每一回演《安安寻母》，曾宝珠都唱下眼泪，而台下的观众也被其深深感染，涕泪同流。

中国戏曲学院歌仔戏大专班期间，曾宝珠系统规范地学习了20多套形体和把子，学习了传统京剧折子戏《扈家庄》《杀四门》《刺蚌》《天女散花》和歌仔戏折子戏《平贵别窑》等，聆听了周育德、赵景勃、戴英莲、宋丹菊等戏剧名家的理论讲座，从唱腔、基本功、形体、剧目到对人物角色塑造等都有了质的飞跃。2000年学校毕业公演中，曾宝珠与搭档在北京长安大戏院演出《平贵别窑》，获得了专家、老师等的一致好评。

3 /

2000年8月，曾宝珠分配到厦门市歌仔戏团，她非常珍惜这个来之不易的机会，努力训练，期待有机会在大戏中展现自己，没戏演时也用心钻研折子戏。相对于全本戏而言，折子戏是经典艺术片段，它在长期演出中容纳了经典所具有的艺术要素，同时在累代传承中形成了稳定的演出传统，成为表演艺术的精华所在。

备赛2002年福建省第四届中青年演员比赛时，曾宝珠意欲挑战京剧传统剧目《扈家庄》，想将其移植到歌仔戏表演中。然而移植并非易事，要从音乐唱腔、动作技巧到锣鼓点进行全面重新设计，又要将歌仔戏特有的音乐唱腔风格灵活融入。此时，离比赛只剩7天时间。有人劝曾宝珠拿原有的剧目参演，得心应手，成功率高。曾宝珠却全力投入移植版《扈家庄》的训练，没有任何纠结。比赛那天，舞台上的她演出了扈三娘的矫捷刚健，唱出了扈三娘的婀娜妩媚，情与技、功与法，都得到了完美结合，不断打破自己边界的曾宝珠，一举斩获银牌。

2004年8月，海峡两岸歌仔戏艺术节，曾宝珠在《平贵别窑》中扮演王宝钏，她以婉转凄美的唱腔，刻画了"别窑"时的不舍、无奈与情深似海。军令如山，平贵必须要走；满怀不舍，宝钏热切挽留。"送哥调"情意绵绵，表达心中缱绻。"走出窑门心似油滚，宝钏含泪送夫君。战鼓催人欲断魂，至死不离我夫君。"忽又战鼓擂响，薛平贵挥鞭上马，王宝钏高声哭喊，一曲"运河哭"，配合阴调的甩腔，激昂高亢，直至平贵割袍，连串唱腔曲牌如泣如诉，既要通过唱腔体现传统女性的三从四德，又要体现生离死别的焦虑和不舍，曾宝珠将几方面的情愫，通过唱腔的转折与变化精准表达，荣获海峡两岸歌仔戏艺术节十佳优秀青年演员奖。

2004年12月，福建省第五届中青年演员比赛，曾宝珠再次以《六月雪》中的窦娥获得金牌。已被诸多剧种演绎过的窦娥，早已在观众心中留存深刻印象，而如何推陈出新，则是曾宝珠着重考虑的一个点。强调窦娥的惊天冤屈，同时不忘表达她的哀伤；体现她的韧性，并着力还原普通女子的柔弱与多情。曾宝珠运用了大段不同板式、不同节奏的唱腔，将窦娥的悲伤怨愤发酵到顶点，唱出她冤屈、愤怒、悲哀与善良的多重情感，让观众既感受到强烈的唱腔冲击，又获得震撼的情感满足。

经典折子戏《情探阳告》中，曾宝珠更是以优异表现再次摘得金牌。敫桂英接到王魁的休书后，赴海神庙哭诉。一个丧失了爱情的女子，从开始的无奈、绝望到悲愤，到想打神，到自缢而死。曾宝珠牢牢拿捏了敫桂英的情绪，几度变化的唱腔，对人物情感形成了推进和依托。由感伤到怨恨，由怨恨到悲愤，层次丰富，跌宕起伏。曾宝珠演出了敫桂英的生命底色，而现场的观众，也被曾宝珠的哭诉淹没——原来，悲伤如此具有力量。

4 /

为了更进一步精进传统唱腔，曾宝珠寻到了邵江海的嫡传弟子纪招治老师，向她学习《雪梅教子》。纪老师是从旧社会中摸爬滚打过来的人，她对自己非常苛刻，学艺练唱都一丝不苟，对于学生的要求也非常严格。曾宝珠上门时，纪招治老师听了一串曲，便连连摇头，说了一些打击的话："你这声音不行，有假声；你有单位，工资领着就好，干吗来我这，跟我学是一定要吃苦的。"

曾宝珠知道老一辈艺人都有自己的脾气，知道她们其实很希望有人能用心、专心地传承自己的专业。于是，曾宝珠顶着压力继续上门学唱，以实际行动赢得了老师的认可，有一段时间没过去，纪老师还会打电话过来，问最近是不是演出多，要多注意身体等。

2015年，海峡两岸歌仔戏（芗剧）艺术暨邵江海学术研讨会在漳州举行。台湾著名戏曲学者蔡欣欣老师很喜欢听曾宝珠唱曲，她觉得曾宝珠的声音条件、唱腔风格和学习态度等都有纪招治老师的风格。于是，便策划在漳州闽南师范大学举办曾宝珠向纪招治的拜师仪式。戏曲当代传承仪式，是对老师的尊重，也让传统的唱腔艺术能够更好地薪传。

就这样，曾宝珠的唱腔融合了厦门、台湾、漳州三个地方的风格与特点，咬字清楚，唱腔感人至深，被戏迷称为"青衣中的青衣，苦旦中的苦旦"，她唱苦情戏时，能够准确代入人物的心情，演谁是谁，引得台下的观众入情入戏，伤心流泪，这不得不说是一项绝活儿。

2016年，厦门市委宣传部设立文艺人才重点项目资助办法，曾宝珠成为了办法出台后接受资助并以个人专场形式举办传统经典折子戏展演的第一人，于2017年5月成功举办《"青衣心曲"——曾宝珠歌仔戏专场演出》。

5 /

从艺多年，曾宝珠依然保持着自己的习惯，爱学习、爱琢磨，爱向其他剧种取经，博采众长，锤炼技艺，训练自己一专多能，不局限在某个行当。

歌仔戏传统剧目《李三娘》，曾宝珠已经演了数十场，可以说"熟得可以背了"，但她依然认真思考怎么演才可以更好。剧中的李三娘，刚出场是少女，接着嫁为人妇，怀孕思夫，悲怆难言。曾宝珠力求将跨年龄段的声音与表现手法做精细处理，把闺门旦、青衣、老旦等不同行当的表达做了区分。真嗓和丹田气怎么运用更好，字头字腹字尾如何协调更到位，怎么行腔更有张力……就是这些好中求好的自我要求，使曾宝珠演的"李三娘"极具生命力。

除传统戏剧目，曾宝珠在几部现代戏中亦有亮眼表现。《陈嘉庚还乡记》中的李蕴茹，纯真上进有主意；《侨批》中的阿香姐，看似贪图富贵，实则内心深情；《渡台曲》中的阿秀妹妹，随兄跨越海峡，命运烟波里几经辗转；《海边风》中的侨眷阿兰，压迫中成长，隐忍坚韧；《燕归巢》中的女设计师金燕，时尚而活泼……这些戏，有形式上的突破，有年龄上的挑战，也有表现度的纵深区分。不同人物、不同性情，曾宝珠均表达得活灵活现，用她自己的话说，"不管哪部戏，只要扮演了，就一定要把它做到最好，这样才对得起老师、对得起观众、对得起自己"。

如今，除完成本职工作外，曾宝珠长年活跃在农村、社区、养老院，并在多所学校开展歌仔戏进校园传承普及、表演传承等工作。歌仔戏是口传心授的行业，需要面对面地现场教唱，没法靠资料或远程讲解。

同时曾宝珠也不忘开阔自己的戏路，专精歌仔戏的唱腔。她经常用两部手机自行练唱，一部伴奏，一部录音，录完先听，听完再修正，一遍又一遍，不断进行练习。

  戏曲博大精深，从业者的生活大多辛苦，能否走向自己能力范围内的卓越，取决于对自己的约束和鞭策。从某种意义上说，演员的艺术造诣，由自我成就。然而，艺无止境，成为行业翘楚并非终点，曾宝珠始终相信，艺术是体现在台上的，一步一个脚印，是对观众负责，也是对自己的要求。

技艺

1. 吐字和"喷口"

初学者首先要练好吐字，戏曲念白的吐字与唱一样，字的头、腹、尾的发音都要到位。练"喷口"也就是要练嘴皮劲，有嘴功出字才有力。

2. 听唱和模仿

通过听唱进行模仿，先唱，唱熟练了，再唱给老师听。比较好的方式是用手机录下来，反复听和练。

3. 抠旋律

将曲谱划分成好几段，拿铅笔标注。老师唱，学生跟，你来我往，练至纯熟。歌仔戏是口传心授的艺术，当面教习非常重要。

4. 找位置

找到声音的发声位置，不能扁平，要立起来，达到厚度，再传送出去，让后面的观众也能听得到。这个步骤只能意会，最好当面看老师如何发声。

5. 声音的收放

声音要张弛有度、抑扬顿挫，不能靠喊，字头字腹字尾、甩腔、衬字咿呀啊的处理，都要唱出韵味。哭腔的延伸、哭泣的旋律要唱出来，要找到迂回的感觉，不能太直白。

6. 共情人物

要边练唱边研究人物，将情感递进，一层一层往前推，先要找到人物的感觉，进入自己所演绎的人物，让自己成为剧中人，才能演到位。

7. 哭腔的处理

哭的时候声音要放出来，边唱边哭出眼泪来，这是哭腔的必修课，很痛苦。一个演员要在台上哭出来是很难的，要气沉丹田，要对气息进行控制。

8. 真嗓演唱

歌仔戏这个剧种需要用本嗓演唱，假嗓用多了，就失去了剧种特色。声音是可以练习的，音域不够宽不够高，往往都是因为练习得不够。

9. 不断练习

人也像机器一样，久不运作就要生锈，要经常运作它、锻炼它，才能越来越熟练。戏演多了，练习多了，知道怎么运腔，唱出来就会更自如。

孤勇者

为了戏，曾宝珠吃过太多苦！

不管是在龙海艺训班，还是在歌仔戏大专班，曾宝珠都是最努力的一个。她坚持每天超量练功，连周末都不放过，当年的艺校校长曾若虹先生对她印象极深："宝珠同学没有周末，她每天都在练功厅。"

分配到厦门歌仔戏研习中心后，老团址先锋营的屋顶上，曾宝珠冬练三九，夏练三伏。《六月雪》排练时，她扮演窦娥，需要做很多诸如甩发、跪转、跪步、长水袖等高难度动作，最后的"僵尸倒"，更是要全身僵挺，直直往后砸，每次做这个动作，曾宝珠都感觉眼前一黑，好几回练到喉头出血。

参加福建省第五届中青年演员比赛的前一晚，曾宝珠生病，那天晚上团里还有演出。午夜，戏毕卸妆，她去医院挂急诊打点滴，一夜未眠，天亮时如常赶赴另一个城市参赛。

锣鸣鼓响，戏比天大，这是曾宝珠对舞台的尊重。

采访的间隙，曾宝珠边聊边示范地唱起曲调，还随手抄起"花枪"做了几个动作。由于常年练功，她身上有多处旧伤，有的已严重到需要做手术的程度。

人生如逆旅，勇敢者勇往直前。从艺30多年，主攻青衣行当的曾宝珠，武旦、刀马旦、老旦，什么角色都能演。不管哪部戏，不管有多大挑战，只要交到她手里，一定能想尽办法啃下来，并力求做到最佳。

认真努力的人，时间会给予丰厚回报。戏曲让曾宝珠找到了志同道合的伴侣，让她安身立命把古往今来的戏人都当作精神共同体。

对于曾宝珠而言，或许"赢"并不是唯一胜利，真正的胜利是赢得自己。努力也不是一劳永逸，很多次的努力只能解决一个问题。曾宝珠要做的，就是这样持续不断地努力，迎着角色上，去解决一个又一个的问题。

吴伯祥

厦门金莲陞高甲戏剧团二级演员、导演，福建省文联"十四五"期间文艺戏剧英才，厦门市第三批青年创新人才，国家级非物质文化遗产高甲戏项目市级传承人。

吴伯祥：献"丑"了

"聊戏先聊丑，无丑不成戏"，丑行位列生旦净末之后，却有着不可或缺的地位。据说过去的戏班视戏箱为大，演员们多不敢造次，只有丑角可以坐上去。《中国戏曲美学》的作者朱恒夫先生更是说，戏曲如果少了丑角，便缺了欢笑与趣味，也就脱离了民间性。

高甲戏丑角艺术丰富多彩，类别众多，流派纷呈。有公子丑、破衫丑、官袍丑、傀儡丑、媒婆丑、家婆丑等，根植于闽南地域文化的热烈诙谐造就了高甲戏鲜明的风格，使其在全国384个剧种中独树一帜。

吴伯祥就是一位不可或缺的高甲戏丑角演员。

1 /

吴伯祥生于泉州，长于洛阳桥边。此地自古人杰地灵，有被称为"御前清音"的泉州南音，还有提线木偶戏和"南海明珠"高甲戏。很小的时候，吴伯祥还不知南音和高甲戏为何物，第一次跟大人去看戏时，被台上五大三粗的花脸吓得哭了很久。

吴伯祥的爷爷是曲艺队成员，家里一台"三用机"，日夜都开着，经典名段《陈三五娘》等各种南音曲目，唱千遍也不觉厌倦。小伯祥的戏曲世界似乎在冥冥中被打开，有点好奇，有点懵懂。有一回，他在家里找到了一盒卡带，其中有个唱段他百听不厌。当时的电压不稳定，常会弄断卡带，吴伯祥便想办法手工黏合。三用机的磁头也容易脏，需要经常擦拭，但磁头常会漏电，把手指头电得麻酥酥的。而他也是许久以后才知道，他爱听的那个唱段，是林赐福的《班头爷》。

一个人和戏曲结缘，有时只在一瞬间。

1999年，厦门戏曲舞蹈学校（现为厦门艺术学校）到吴伯祥所在的中学招收高甲班学员。那时，吴伯祥读初二，学习比较一般。但他打过鼓和镲，在学校算是文艺骨干，听说去高甲班可以唱歌时，他第一个举手报名。

参与招考的两位老师对着吴伯祥上下打量许久，最后定格在他的脸上，女老师眉头明显皱起，男老师问，能踢腿吗？吴伯祥练过武术，于是很用劲地踢了两下，还给老师做了横叉。老师用手打了节奏，让吴伯祥"啊啊啊"练了几声。当天，吴伯祥收到了复试通知书，同样也是在许多年以后他才知道，那位男老师是位知名的丑角演员。

吴伯祥的父亲一开始是犹豫的，他觉得唱戏对于一个男孩子而言，似乎并不是正道。但同时，他也知道，孩子不是读书的料。有一回，吴伯祥和同学们跑去洛阳桥边，从高处往下跳水游泳，差点弄出事故来，气得吴父好几天吃不下饭，觉得这孩子简直是无可救药了。

思来想去，吴伯祥的父亲还是去找了学校的音乐老师，让儿子跟着练声练了两个月。复试时，吴伯祥唱了一首《唱支山歌给党听》，排第13名，但复试只招12人，父子虽懊丧，但也释然。离开厦门回到家好几天，学校又打来电话，说有位考生因要回泉州艺校报考而放弃，就这样，吴伯祥幸运地补了空缺。

2 /

第一天到厦门戏曲舞蹈学校，吴伯祥十分高兴，东西收拾好后，他一个人跑去操场的旗杆下坐着，听风吹红旗的猎猎声，看着来来往往的学生，心潮澎湃。当时的吴伯祥想，这就是艺术气息，是我向往的地方呀。

正式上课时，吴伯祥傻了眼，原来学戏不只是学唱歌，还要练功法。当时的吴伯祥身材瘦小，手有点外撇，练功时常做不到位，在一堆优秀的同学中间，连引以为豪的唱歌也成了"吊车尾"。有一回，他听到学生们在笑话他的长相，偷偷称他为"外星人"。在泉州老家上学时，大家都很熟悉，对彼此相貌习以为常，没人对吴伯祥的长相置喙；来到艺术的殿堂，自己却成了大家的笑料。吴伯祥第一次觉得——原来自己长得不好看。

为了做出点样子，吴伯祥绷得很紧，也做了一些用力过猛的事。到艺校两个多月后，吴伯祥发现班上某男生筋骨很软，压腿时脚尖可以够到眉毛，他心想自己以前学过武术，肯定也能赶上，于是还没热身就急急上阵。这一心急可不得了，直接引发腿拉伤，当天晚上在宿舍疼得龇牙咧嘴。第二天练早功时，他不认输，还坚持参练，忍了几天，实在受不了才去医院。一整个寒假，吴伯祥都在做康复。

新学期继续艰苦训练，但不管怎么用功，吴伯祥一直表现平平。当时学校有规定，学满一年要进行甄别，如果不合格，将予劝退。吴伯祥不想再走回头路，他铆足劲，不管自己个人能力如何，都坚持跟上每个功法的训练，也因此频繁受伤。有一回练毯子功，吴伯祥翻转时，手被压到了身体下面，久久抽不出来。此后每次练功都极疼，但他以为练功肯定会疼，就这么坚持练了一个学期。暑假回家时，父亲看出异样，便载他去医院看，X光片一拍才知道原来舟骨已经断裂。

受伤的日子里，吴伯祥百无聊赖，魏小春老师便介绍他看《导演理论》《演员》等一些书籍。他看着看着，越来越看出味来，和白天的功法一结合，豁然开朗。吴伯祥开始到厦门各大书店去淘书，只要跟戏曲有关的，服装、化妆、脸谱、导演、编剧等，都买来研读。戏曲的百花园风光灿漫，吴伯祥发现自己真正从内心爱上了戏曲。有一天，魏老师正教其他同学练挡马，吴伯祥在一旁认真地边看边比画着，魏老师结束教学后，走过来对吴伯祥说，我给你介绍一位丑角名家，你去看看他的VCD，《笋江波》《管甫送》这两出着重看。

魏老师口中的这位名家，就是知名高甲戏丑角李珍蕊老师。

3 /

那一年寒假，在亲戚朋友的帮助下，吴伯祥到泉州欲拜李珍蕊为师。但李老师很冷淡，他只说了一句话，"你明天再来吧，我现在要出去"。第二天吴伯祥再去时，李老师又是穿戴一新正要出门，花衬衫配礼帽，七分袖有个飞口，领子是比较宽的外翻款，白色喇叭裤，外加一副墨镜，很是时尚。他没说要收徒或不收，只说"屋子有点乱，你在家等我"，扔下这句话，李老师旋即出了门。吴伯祥环顾四周，觉得屋子也实在是乱，于是他便忙开了，地板要拖，桌子要擦，厨房的油烟要刮，一番操作，直至日影西斜。第二天，又主动上门继续昨天的动作，厨房的整整弄了两天才清理干净，洗洁精、钢丝球、拖把，全部用废了，每个角落干干净净。第三天，李老师终于说："伯祥，家里没有供相公爷，但有个土地公，你去拿香。"吴伯祥呆怔着，李老师又说："我觉得你应该挺乖的，收你了，跪着。"

开始教习时，李老师的话才多起来。"我有200多个徒弟，通常都是他们要学哪一出我就教哪一出。你不同，我希望把我这辈子整理的高甲戏科步都教给你，你要好好学，你是吃这碗饭的料。"从2001年开始，吴伯祥寒暑假都住李珍蕊家，充分学习。丑角所有动作都打破了戏曲所追求的"圆"，它是变形过的动作，身体弯曲要有棱有角，表演时要注意角度。白天，吴伯祥练头肩、练胸腰、练旁腰、练脚、练每个脚指头，晚上睡觉前躺在床上，关上灯，拿一炷香练眼神，好几次练得太累睡过去了，被香灰烫脸，又醒过来。

周边的人，有的正常升学，有的做生意，他们觉得吴伯祥一个大男人演戏没前途，更何况是演"猜"丑角（疯疯癫癫的意思）。吴伯祥起初常试图解释，后来也释怀了。吴伯祥从李珍蕊老师身上看到了丑角之美——丑角的表演并不是俗气地逗人发笑，而是带有很强的美学追求。李老师讲戏时说到"公子丑"，说公子是穿梭在百花丛中采集花粉的蝴蝶，剧目表现的是他拈花惹草的个性，但同时"公子丑"也是最美的那只蝴蝶。

李珍蕊老师带给了吴伯祥最初的美学启蒙。

4 /

吴伯祥的第二位老师是国家级"非遗"传承人纪亚福，

他师承闽南名丑陈宗塾和林赐福，以"傀儡丑"著称。吴伯祥塑造的众多角色中，最深入人心的"掌中木偶丑"经典"班头爷"形象，就是传承自纪亚福。2000年，吴伯祥经学校推荐参加福建省"水仙花"戏剧比赛，表演折子戏《班头爷》，学校请金莲陞高甲剧团的纪亚福当他的指导师傅。

纪亚福很有经验，他根据吴伯祥的身形特点和学习程度为其量身定做，要求他认真揣摩每个动作和造型，琢磨"掌中傀儡丑"表演的偶趣与人物性格的刻画。他让吴伯祥把自己看成可爱的偶人，在现实生活中，也多学偶人的言行举止。纪师傅要求严，标准高，每次吴伯祥做得不到位，一棍子马上就会下来。但严师出高徒，一段时间下来，吴伯祥已经能够将机械僵硬、棱角分明的科步，和活泼灵动的"小字型"踢脚、坐凳、小开合等程式动作有机结合，让整体更细致协调。

比赛当天，纪亚福亲自给吴伯祥勒头，他那时还不知道勒头是什么，懵头懵脑，带子一扎紧，满身大汗直冒，人像晕车一样，头痛想吐，伏在墙角许久还缓不过劲来。旁边的柳素治老师傅过来说"你怎么勒那么紧，他还只是个孩子，放松点"。纪亚福说："基本功就是要这样的，不要求严格怎么行。"后来，吴伯祥听说，纪老师勒头，几乎没有一个人受得了，他对徒弟严格要求，对自己也是如此，据说有好几回他勒头连黑纱绳都勒断了。

功夫不负有心人，在那次的比赛中，吴伯祥凭借扎实的基本功和精彩的演出，获得当届福建省"水仙花"戏剧比赛演出奖。

2003年，吴伯祥从厦门艺术学校毕业，进入厦门市金莲陞高甲剧团。适逢名角吴晶晶评选梅花奖折子戏专场进京展演，吴伯祥饰演的《班头爷》作为演员换装而穿插其中的节目出现。当大幕拉开，锣鼓声响起，吴伯祥大脑一片空白，初出茅庐的他，第一次在那么大的舞台表演，心下不免慌乱。但那些每天操练的肌肉记忆神奇般地让他动了起来。丑角的灵魂被唤醒，吴伯祥越来越松弛，他觉得自己不是在演，而是身临其境，将所思所感通过动作形态来表达。未及下场，便听得掌声雷动，节目收获一片好评。戏剧家郭汉城先生点评时说，吴晶晶的表演很全面，吴伯祥的丑角也演得好，勉励他要为高甲戏的表演艺术贡献力量。

荣誉是把"双刃剑"，给人以动力，也把心气吊高了。那一段时间，吴伯祥走路带飘，师父纪亚福看到后，也做了些努力。有一回，剧团下乡演出，戏箱放在路边，忽然下雨了，吴伯祥看到师父纪亚福第一个冲出来，边招呼年轻演员帮忙，边身体力行搬起来，满身淋得湿漉漉。去金门演出时，也是纪师父站在最高处拿戏箱，平时谁忘了拿道具，他就赶紧跑去帮忙找，丝毫没有名角和长辈的架子。吴伯祥被这种身体力行的"德艺双馨"真切打动，他慢慢认识到自己的错误，也就慢慢静定下来。

5 /

　　2006年，吴伯祥有幸参演新创剧目《阿搭嫂》，扮演良心未泯的赌徒天成。这是他参与的第一个创作类大戏，吴伯祥打心里感谢剧团的栽培，也很想把角色演好。在导演陈大联和陈炳聪的启发下，吴伯祥回忆起和李珍蕊师父的学习过程，想起师父说他为了演好《十五贯》中的娄阿鼠，曾半夜观察老鼠偷食的情形。前人指路，吴伯祥不必再去观察老鼠，他借鉴娄阿鼠的表演，以"破衫丑"为基础进行表演创作。那段时间，他白天练功，晚上也练功，练得浑身酸痛，连走路都困难。但功夫不负有心人，最后呈现在舞台上的天成，贼眉鼠眼，局促不安，鼠性十足，引人深思。吴伯祥凭借这个角色，获得福建省第23届戏剧会演演员奖。

　　如果说，对赌徒天成的塑造，吴伯祥还只是停留在外形和外化动作上，那么，高甲戏《大稻埕》中的二少爷的表演，则进阶到了"人物塑造"的层次。该剧呈现的林家，是一个在大环境下被撕裂的家庭，大哥顺从听话，三弟勇于奋起，二少爷身体生病哮喘难受，找老婆也难，他会是什么精神面貌？当自己心爱的女人被日本兵糟蹋后，他几近疯癫会做什么事，是什么样的状态?

吴伯祥不断地思考着，他在设计好程序动作的基础上，一直想为自己扮演的角色做定位，什么情境下做什么事，说什么话，会有什么样的内心等。有一场戏是"二少爷受刺激后杀日本兵"，吴伯祥努力寻找人失神后的感觉。在当时育青路的宿舍里，他故意喝很多酒，让自己醉眼蒙眬，夜里不敢睡，怕明天早上醒来记不住那种感觉。他一晚上在床上"烙饼"，脑海里一直回想导演李小平说的一句话——"演员不是演面上的，看不见的才是你要演的"。

《大稻埕》的导演李小平来自台湾地区，他在导戏时给了吴伯祥非常大的空间，让他发挥自己的创作能力。"和风茶馆"这场戏，日本人强令二少爷去送日本旗与请柬，二少爷的内心是纠结的——去了，肯定要被父亲林天来责怪；不去，又怕得罪日本人。吴伯祥最后用丑角的各式动作将情绪外化，他走出门，又折返回来，身体偶化，牵丝悬腿，配合上臂僵直，下臂左右直摆，以"傀儡丑"的动作，表现内心的挣扎及身心背离的人性的弱点，充分展现了高甲戏丑角艺术的夸张美学。导演李小平对这场戏很满意，他肯定了吴伯祥具有一定的创作能力，对他的认真更为赞赏。吴伯祥对李老师也极崇拜，一次夜场排练后，大家一起去大排档吃夜宵，吴伯祥正式认李小平为师。他双膝跪地，额头贴地，重重磕了几个响头。自小接受传统礼仪的吴伯祥觉得，拜师一定要磕头，没有磕头就没有约束，也没有敬畏心。

在师父李小平的鼓励下，2017年，吴伯祥到上海戏剧学院参加为期一年的戏剧导演高级研修班。研修班和平时的工作环境大不相同，艺术给予人的滋养，来自环境，也来自身边的同学。吴伯祥起初常觉得自己是小剧种小字辈，有些畏缩。某天，第一节课，导师提到了高甲丑，说这个剧种的丑角很有特色。这时，吴伯祥觉得，李小平老师太"神"了，他导戏时曾说："你不走出去，怎么知道高甲丑在当今世界是什么价值，有什么分量。我们距离剧种近了，反而没有美，你自己是怎么想，这真的很重要。"吴伯祥由此被所有同学认识，而他对高甲戏丑角的认知，也更进了一步。

从研修班归来，吴伯祥陆续参与编创和导演了《陈三五娘》（三集）、《狸猫换太子》、跨界实验剧《偶们》、小剧场戏曲《阿搭嫂》、现代戏《回甘》、历史剧《陈化成》、电影《阿搭嫂》等剧目。他在努力地一步步攀登，朝自己的梦想进发。

6 /

2023年，吴伯祥获"厦门市文艺发展专项资金优秀中青年项目"资助，举办高甲戏丑角表演个人专场。为此，他精心挑选了《管甫送》《大稻埕之"和风茶馆"》《公子游》《老奴行》《班头爷》等经典剧目，融"拐杖丑""布袋丑""公子丑""傀儡丑"等于戏中，充分展现高甲戏以丑为美的特色，展现了这个剧种丰富而深厚的积累，让观众在捧腹之余，感受高甲戏的艺术魅力。

首折，传统折子《管甫送》，表现高甲戏经典四丑程式之一"拐杖丑"。泉州去台经商的管甫（吴伯祥饰），家有急事，家书催归，只得与台湾恋人美娟依依惜别，来年正式下媒去迎娶。离愁别绪，衷肠倾诉，管甫拐杖与旦角纸伞上下翻飞，"拐杖丑"程式动作在此并无丑态，反而颇有派头，配合着脚上的步法，相映成趣，几乎要要出花来。

《公子游》是高甲戏"公子丑"的代表作，灯未亮透，公子沈廷芳人影未至声先闻。一把扇子，自在翻飞，配合须功、伸头功等，肩耸、须动、头摆，全身的每个关节似乎都在动，吹胡子瞪眼，活灵活现，观赏性极高。吴伯祥把花花公子的放浪不羁与猥琐做派，全放在丑角程式中表现了出来。

老中青三代同台演出的《班头爷》，将专场演出推向高潮。以"掌中木偶丑"为经典程式的《班头爷》，运用机械、僵硬的动作塑造了一个爱钱狡诈的小卒的形象。三代"非遗"齐上阵，师父纪亚福、吴伯祥，以及吴伯祥的小徒弟，他们在台上互动配合、展示。对专业的坚持，对艺术的传承，对师道的尊重，对徒弟的怜惜，这些交织的情绪，都让人感动。最终，纪亚福交棒吴伯祥，潇洒而去，这一细节，让现场许多观众感动不已，甚至落下泪来。

舞台残酷，但也客观明亮，灯光的照射下，演员可以很真实地把储备好的养分呈现在观众面前，优与劣，好与孬，一目了然。20年光阴荏苒，吴伯祥一步一个脚印，辛苦耕耘，终于收获阶段性的成果。

平时，吴伯祥也常去中山路等街头巷尾表演高甲戏，与游客行人等进行互动。他认为，戏曲的传承在于吸引观众，要打破台上台下的界限，让观众和演员可以有机会更近距离地去融合去沟通。而他接下来计划要策划的一些实验剧，也是致力于把高甲戏的唱腔、动作、语言等极富魅力的元素从台上带到台下观众中间，希望让戏曲和生活产生更多的链接，吸引观众再次回流。

技艺

高甲戏形体主要来源于佛像，模仿佛像的造型，学提线木偶、掌中木偶等傀儡动作，也学仿生动作，仿鸭形、鸡形、鼠形等。丑角非常生动的肢体语言，最早是由动物演变而来的。猫洗脸，可以形象地表现这个人的慵懒或贪婪的状态。模仿老鼠，我们都说贼眉鼠眼。人走过，它会盯着你，一动不动，但是人一走，它立马一溜烟地跑了。因此，塑造丑角角色，首先要观察生活，观察周边的人、事、物，当然自己也要做一些基本功的训练。手眼身法步，都要灵活自如。

1. 头部训练

探头，每天50下，前后、左右摆，绕圈。五官表情要充分训练，眉毛、鼻子、嘴巴、耳朵等每个部位都会单独行动，眼睛盯着香左右看、转圈看，快速左右滴溜儿转做思考状，练眼神。

2. 抢脖提肩

脖子前后左右抢动，上下提肩，左右前后顶肩膀，每天各训练50下。

3. 手部训练

以顺风旗的转换，来训练手的柔韧度。手指靠墙或对着桌子压弯，能形成弧度。左手扳右手，右手扳左手，闲坐时压椅子压桌子。

4. 胸腰训练

胸腰左右前后扭动，训练躯干及旁腰的柔软度。

5. 腿部训练

练脚趾、练山羊腿，转、起落、盘腿、腰腿都要练，使其灵活自如。

6. 矮子功

矮子功对丑角脚力腿力的训练，十分有效，脚是根，如果这个功法练不好，其他的也做不好。单腿站的功力，是非常重要的一部分。双脚与肩同宽，下蹲至小腿与大腿成90度角，踮起脚尖，耗住。踢矮子，姿态同上述。双手与肩同宽，向前伸直，左右脚交替踢手心。

以上全套做完大约要一个半小时，戏曲功法的教习，从来都是"纸上得来终觉浅"，书面难以描述其千万分之一，有兴趣者最好找老师进行专业面授。

丑角的辨识度

高甲戏演员吴伯祥常自嘲"长得丑",所以才被老师选作丑角。但其实,台下的他看起来很斯文,身材偏瘦,戴着黑框眼镜,笑起来像个大学生。

不惑之年的吴伯祥,说自己已经想明白了很多事情,过尽千帆,初心不改,但他说还有许多梦想,想在自己进入社会活动后的第二个20年,打开另一种局面,看看自己的多种可能。

看过吴伯祥演的许多角色,他把"丑"演得千变万化、精彩绝伦,把丑角演得让人不得不爱,动作对称、和谐、干净、整齐。如果从传统戏曲美学的角度去欣赏,吴伯祥扮演的人物,除白描程式化的动作外,还有内里爱恨情仇的大写意。他传递角色情绪有异常敏锐和精准的一面,这种敏感源自天性,也源自努力。

聊起初至艺校时的境况,惊觉20余年弹指一挥间。那些受伤养伤眼巴巴看别人练功的日子，那些觉得自己是"废柴"怎么也睡不着的日子，都已经隔山隔水。但吴伯祥说，自己记得当时的感受，虽然环境非常艰苦，却也不得不承认，个人获得了真真切切的成长。一个15岁的男孩子，发现自己入错了行，却还要义无反顾地往前走。这件事现在看来挺"酷"，在当时却极凄惨，吴伯祥每天都很沮丧，夜里躺在床上睡不着，熬着等明天太阳依然升起。戏曲像一个宝贝，真真切切砸到了吴伯祥头上，但他是个打不开宝盒的孩子，茫然不知所措，有过很长一段的徘徊期。

而立之年，女友问："在戏跟我之间，你选择谁?"这句话不是问句，而是要一个清楚明确的肯定答案，吴伯祥给不了，于是只得分手。父亲说："知道你很难，但我们也帮不了什么。"吴伯祥说："没事，我自己能行。"物质与精神哪个更重要? 吴伯祥回头想时，内心已有了答案，他有段时间玩紫砂壶，生怕磕破，每个小缺口都心疼不已。女儿出生后，几千块的壶当玩具，随手摔裂是常事，当爹的却豁然开朗——物为人所用，人不要为物所役。

谈及未来，吴伯祥说自己想尝试新颖的多元的表现，根据观众和时代需求去创新。他常思考一个丑角演员应有的成长之路，并认为，一场大戏当中，丑角起到的作用不应只是以低俗和抛"梗"去逗乐观众，而是要用行当的程式和独特肢体表现，尽心演好每一个不同角色。

杨跃宗

生于1990年，首届海峡两岸名
角评选冠军，闽南金三角一带知
名男小生，现为"杨跃宗芗剧
团"团长。

杨跃宗："宝贝小生"的爱与哀愁

15岁进入芗剧团学习，19岁成为当家小生，以翩翩美少年形象深入戏迷之心。二十年如一日，他是艺术工作者，也是辛苦的劳动者，每一场戏的背后，都浸透了杨跃宗的汗水和执着。

在闽南在漳州，芗剧小生杨跃宗的戏每年都演足300场以上。所到之处必掀起观演轰动，带动无数年轻观众走进戏曲的世界，重新欣赏戏曲认识戏曲爱上戏曲。小生杨跃宗，也被称为芗剧界的"戏神"、大陆版杨怀民、"宝贝小生"等，拥有大量戏迷，深受喜爱。

1 / 机会只留给有准备的人

从15岁开始，杨跃宗便立志为戏奋斗。回想当年，其实也不知道为什么，似乎只是因为母亲在家天天听戏，少年杨跃宗耳濡目染，渐渐耳熟能详，心里也萌发了想上台亮相的欲望。

学戏极苦，很多孩子会抱着"学看看，演看看"的心理，反正不行再换。但杨跃宗不是，他从一开始就坚定信心，觉得自己一定能唱主角一定要唱主角，并且愿意为此付出努力。

目标明确的人，往往有很强的执行力。第一天排练，导演通知9点开始，杨跃宗7点就到达了排练场门口等候。排练厅一个人也没有，他就骑自行车先在村里逛了几圈。回来后，排练场还是没有人，15岁的少年就那样靠墙站着，慢慢看着太阳升起，等着师傅到来。那个时候，他还不知道，戏路难行，前方等着的挑战，还有太多太多。

魔鬼训练营般的生活即刻拉开帷幕，每天早上四五点起床、练功、下腰、劈腿、打坐、抛袖……基本功过后还有十八般武艺要操练，刀、箭、镖、双枪、长剑，一招一式都要求娴熟到位。唱腔嗓音也不得马虎，师傅随时都会叫你来一场吊嗓，对着墙壁"咿咿啊啊"叫上数十分钟，如果达不到要求还得重来，直至合格为止。同去的小伙伴们吃不了苦，陆陆续续走了。杨跃宗却很坚持，他惯常抿着嘴，冬练三九夏练三伏，把唱念做打当成了每天的家常便饭，怎么被说也不气馁，怎么被骂也不改色。就这样扎扎实实坚持了3年，边跟团演出，边起早训练。从事一件自己热爱的事业，辛苦不在话下，在杨跃宗当年尚幼稚的心里，可能也还不知道为什么而坚持，就是喜欢，就是热爱，一种割舍不下的发自内心的情感，让他踩着所有的泥泞和荆棘前行，去体验去投入去干成一件事。

　　18岁，杨跃宗已经是剧团的台柱子，成了闽南金三角一带的红小生。所至之处，总缺不了鲜花和掌声。得知厦门卫视即将举办"海峡两岸名角评选"活动时，杨跃宗兴奋而犹豫。他很想到更大的舞台上去展现自己，展现歌仔戏的传统技艺。但那时他在民营剧团任职，戏份重，演出多。如果要参演，就得与自己赛跑，才能匀出时间排练和参赛。没有更多的纠结，杨跃宗已经做了决定。比赛的那段时间，他每天清早7点前驱车两小时赶到厦门，上午排练，下午录制，结束后傍晚5点多，买一份简餐在车上吃完，然后急匆匆回到剧团，准备当天晚上的演出。演至午夜散场，通常还得接着排戏到凌晨2点。野台演出，流动性很强，今天这里，明天那里。如果碰到挪位，需要拆台装台，杨跃宗几乎整夜无法睡觉，但第二天，他还是准时到达训练场，候场排队，等待乐队老师的排演。

杨跃宗全力以赴，精选了6个最具代表性的剧目参赛。《双枪陆文龙》表演耍枪技，《周仁哭妻》重在水袖功，《十三太保》《北地王》等也有自己的剧目特色，特别是终极赛节目，杨跃宗准备大胆反串女角演《新贵妃醉酒》。评选活动是筛选晋级赛，必须一轮轮过关才能进入下一场赛事。有人建议杨跃宗一次只准备一个节目，万一前面就被刷下来，准备太多也是做瞎工。杨跃宗笑而不答，默默提前做好了音乐、服装、道具等，在他心里，任何事情都要先做好准备，先准备好准是没错的。

事实证明，机遇只垂青有准备的人。大概因为万事俱备，杨跃宗在台上的状态十分放松，舞台是他的天下，他在这里塑造角色，走进每个戏里的自己。评委老师盛赞其在一众选手中最突出，眼睛最有戏，有霸气，有气场。甚至还爱称他为"宝贝小生"，大陆版的杨怀民（台湾歌仔戏界有名的男小生）。

从籍籍小辈到一夜成名，人们看到的是后者。而个中辛苦，只有经历过的人才能懂。夺冠后，捧着奖杯，杨跃宗心中最强烈的愿望是，好好地睡上三天三夜。

2 / 说干就干，走一条最难的路

　　成名以后，杨跃宗的面前摆了许多种选择。有专业剧团相邀加盟，从此进入体制内，过上很多人追求的"铁饭碗"生活；也有民营剧团邀其合作，以其名气作为招徕业务的途径；包括台湾的剧团，也希望杨跃宗能赴台一起拍部新戏，强强联合，共襄盛举。

　　最终杨跃宗选择了最难的一条路——自己创办剧团，当民营团的团长。这个想法其实由来已久，做自己想做的戏，让每一部戏都能按照自己的想法来呈现和打磨，使之日臻完美。这个愿望，除了自己办剧团，其他方式要实现都很难。但如果要以艺术追求为目标，剧本舞美灯光服装都得参照一流的水准，投入远超预算，产出当然也很低。要知道，当时一场戏的戏金才五六千元，而一场戏的配置已经高达七八千元。明显，这是一个亏本的生意。

　　犹豫了很长一段时间，杨跃宗还是决定放手去干，明知前期必亏本也要"偏向虎山行"。他与合作伙伴拿出多年来的积蓄，按专业剧团的标准采购物料，召集了一批厦漳泉优秀演员，以专业剧团的标准一一购置了道具和服装。然后边整理旧剧本、创写新剧本，边请团员排戏。

万事俱备后，却没人上门请戏，夫妻档团员首先着急起来，如果没有演出就意味着一家人没有收入，家里还要养孩子赡父母。身为团长，杨跃宗肩上担子很重，他思忖后，决定用众筹义演的方式送戏下乡，到山区海岛，走进基层免费公演。

首场演出定在福建省龙海区的蔡坑村举行，那是冬夜里极冷的一天，现场寒风瑟瑟，吹得帆幕猎猎作响。那晚演的是新编剧目《薛丁山与樊梨花》，崭新的戏服在灯光和舞美的映衬下更为华美，刀枪剑戟也都闪着熠熠晶光。杨跃宗蟒袍加身，英姿勃发，从装束到神情动作等，均是少年将军的虎虎傲气，鼓响弦琴起，亮嗓一段唱，声清脆，韵悠长，现场顿时响起了热烈的掌声，此起彼伏，层出不穷。直至午夜，台下的观众依然未散，鲜花像雪片一样飞来，戏迷热情地拥上台来，与团员合影。这之后，常有些资深戏迷专程包车追戏，只要预知今天在哪演出，就必然追到哪去。每场观看的人数平均高达4000人，这在户外野台戏中，绝对是划时代的变化。

3 / 对品质的高要求，意味着自己要付出很多

初战告捷，是另一种挑战的开始。杨跃宗原来当主角小生时，只需负责演好自己的戏份。但自己办团则不同，除了要刻画好自己的角色，也要带动其他演员一起进步，还得自己改编剧本，导演剧目，以及负责在戏外的一些签约、关系维护等。

当演员苦，当主要演员更苦，既当演员又当老板更更苦。杨跃宗芗剧团一年演出平均都在300场以上。常常是午夜12点演出结束，开始排练新戏，排到半夜3点左右结束。第二天下午2点又开始接着排，5点结束后又化妆准备晚上的戏。

杨跃宗对戏的质量把关很严，对演员的表演力要求也很苛刻。每次排戏前，他都要先讲戏，力求让演员们都能理解故事的逻辑，知道每个人的性格和人设；唱腔上要用什么样的声腔才能更有感染力，更体现声音的悲喜；表演要怎么样才会比较生活化，更贴近观众的审美等。事无巨细，事事关心。

团员们都很喜欢听杨跃宗讲戏，他讲得既形象又生动，听了收获很大。排练《三进王府》时，有一场是亲生父亲打小孩的细节。杨跃宗认为这场戏并不是直接打这么简单，父亲的心态应是纠结而无奈的，不打会露出破绽，打了又舍不得。举着千斤重，内心却又充满深深的无力感。这场戏经打磨后，更见真实的人性，也更加动人。

又比如哭腔的设计，歌仔戏的哭腔程式，通常带有点咿咿呀呀的装腔作势。旧式的哭法，哼哼唧唧，更多的是做出哭泣的感觉，却无法动容。杨跃宗大刀阔斧，强调戏曲也应学习话剧，要尽量真实、生活化。除了保留原有的剧种程式外，在舞台上他所要求并一直身体力行的就是一个"真"字。哭要哭出"破嗓"的感觉，带哽咽，低八度，让听的人首先心酸。把清脆的声音用于正常演唱，伤感时则把声音压低，唱出悲愤、委屈、不满。杨跃宗演《周仁哭妻》时就是这样，将自己全身心放置于戏中，忘记自己是跃宗，化身周仁放声悲哭，哭至不能自已，下了戏之后，整个人如灵魂出窍一般，久久不能缓过神来。

对品质的高要求，代表着自己也要付出很多。一年365天，杨跃宗一天也没有休息过，保持着高强度的自律和对戏曲饱满的热爱。绑上黑纱，就是粉墨登场的人生，生病了也要打起精神。有一次，杨跃宗声带息肉发炎，但晚上照常演出，中间休息的间隙再停下来输液打激素，就这样挨了过去。他总是很怕对不起观众，观众赶早来占位置，就是等着来看自己的戏，如果自己随便告假，那就会让观众失望。

4 / 用心对待每一场演出

自办剧团的第一年，杨跃宗瘦了十几斤。"用心对待每一场演出"成了他的执念，他身体力行，守正创新，创造出了许多常演不衰的剧目。比如《周仁哭妻》，起初只是一个折子戏，是杨跃宗从别的剧种中博采众长摘取出来参赛的。后来因为观众喜欢，杨跃宗又想办法拓展成了整部大戏，首开先河让男小生使用长水袖，把小旦专属的身段动作用来展现小生内心的爱与哀愁。当年，在两岸同台竞技的舞台上，他就是这样，凭借周仁一角，以收放自如的长水袖，让歌仔戏世家中长大的对手亦心悦诚服。

只要有新戏首演，场上的杨跃宗总会特别关注观众的神态及眼神，戏好不好，观众的表情会说话。跟着角色哭，跟着角色笑，跟着角色入戏，往往才是最能说明问题的。因此，杨跃宗的剧团虽几乎不做广告推广，但口碑在口口相传间产生，他也自然而然把更多时间放在与观众的互动和交流上。新戏上台的前几天，杨跃宗必邀请资深戏迷看戏点评，演员、剧本、舞美、灯光、服装等，均可点评。为此，剧团还专门举办"粉丝见面会"，给真正爱戏的人创造平台。

杨跃宗从未停止对芗剧的探索和创新，讲好戏曲的故事之余，他借鉴电视剧的观感，希望让观众能从戏中看出真实的人性与情感，从而去体味人性的幽微和无奈，有所体悟，有所收获。

如今，在闽南地区，只要说起杨跃宗和他的团，观众都要交口称赞，"你们的戏太真实了，看了真的上瘾""你们的戏太好了，会粘我们的眼睛""你们明天在哪演，我们再包车来看"。

观众对杨跃宗的爱，也已经超越了"粉丝"对偶像的关怀。有一次，杨跃宗喉咙沙哑，有位阿伯冒着雨跑去山上，专门摘了一种据说效果特佳的草药煎好，端至戏台。老人家低至尘埃里的笑，让杨跃宗眼角湿润，草药到底有没有效果并不重要，重要的是，观众认可他的戏，转而对认真为戏的他也倾注了情感。他能感受到来自观众的爱，而爱，是治愈一切的良药。

二十年如一日，杨跃宗从跑龙套、扛设备、搬道具的学徒，一步步成长为厦漳泉有名的"宝贝小生"及一团之长。他始终对芗剧抱有满腔热情，真诚勤勉、专注思考如何将角色演好，让每个一晃而过的瞬间，都能呈现自己最完美的模样。为此，他对每个动作和唱词，再三精雕。他将自己比喻为勤奋的劳动者，在戏曲的百花园里，修篱种菊，播瓜点豆。他领导的芗剧团，已成为当地有名的剧团，拥有30多部经典优秀剧目，每次演出，台下都座无虚席。

欲求收获，必事耕耘，走在路上才好寻找方向。杨跃宗明白这个道理，他慢慢地做，一步步地走，如老农种地，像燕子衔泥，将一路辛劳看成风景。而风景，是人生最大的收获。

我对每一个角色都很真诚

第一次认识杨跃宗，大概是在 2020 年 10 月。那天，杨跃宗的芗剧团要在我老家浮宫公园的戏台上演出，邀请芗剧界知名艺术家高纯老师前去。知道我也刚好在家，高纯老师便来家里喝茶，跃宗伉俪和他的好兄弟陈艺勇也一起来了。那一天，跃宗穿着一件简单的黑 T 恤，长相俊朗、笑意盈眉，有很好的先天条件，看起来还是个十分年轻的小孩。

那天晚上一起吃饭，席间交流很多，杨跃宗彬彬有礼，为桌上几位布碗放筷夹菜打汤，脸上一直带着笑容，给我留下很好的印象。人与人的互动藏在生活化的细节中，而这些细节往往最能说明问题。

此前，外界传言他盛名恃宠、爱耍大牌、临阵罢演等，应都只是流言。人红是非多，他那时刚获首届海峡两岸名角冠军奖项，所办的"漳浦杨跃宗芗剧团"也十分红火，一年演出 300 余场，场场爆满。

那时，我也刚获"厦门市文艺发展专项资金优秀中青年项目"扶持，计划出一本跟闽南戏曲有关的书籍，我当即决定采访杨跃宗，为他做一个专门的报道。采访当天，我自己开车从厦门回龙海，车技不佳，到达时他们应已等了多时——杨跃宗是从邻县的漳浦开车过来，也势必牺牲了午休的时间。

谈起戏，杨跃宗很兴奋，他描述第一天去剧团学戏时的忐忑心情，脚踩进门槛又退回来，退回来看一眼又想踩进去，三进三退，心如擂鼓。摸一下戏服，看一把小剑，心里高兴万分，心想如果能让自己拿在手上不知道有多好。采访时，杨跃宗一直很真诚表达自己的感受，用心回忆过往，好的不好的，他都和盘托出。卸下戏妆的杨跃宗，热情、简单，谈戏说戏，真挚自然。

杨跃宗说自己非常享受舞台，享受与观众的互动，沉醉于每个角色本身。演曹植时，他少年得志半道折，似难鸣孤鸟，绝望于世道人情；饰周仁时，他哀妻惜妻，却为道义所困无以伸张辩驳；扮孟丽君时，他反串为乾旦，珠钗环佩，摇曳生姿，分明就是倾国倾城一代才女。

每一个人物，杨跃宗都抽丝剥茧，演出骨子里的感觉，这一切缘于舞台带给他的安全感，也缘于长久的积累和努力。杨跃宗当学徒时，就常痴迷于拉大幕，这个习惯跟随他多年，即便他后来成为当家小生成为一团之主，也常如此。

他说，拉大幕的是聪明人，坐在戏台一侧，可以研究每个人的表情动作，可以清楚听到唱腔，也因此可以吸收更多。

戏由心生，每个人对角色的演绎当然会有不同，但杨跃宗觉得，深入理解每个人物，演出真实的质地，直至在舞台上成为角色本身，是每个演员的基本责任。如果不能做到，那就是偏移，好比学生时代"写作文时离了题"。舞台上的杨跃宗就是这样，不管唱哪出戏，演哪个人物，他都能做到"眼里有光，心中有戏"，诚如评委吴晶晶盛赞的一样："这个人物的眼神里洋溢着整个舞台都只属于自己的霸气。"

台上的每个细节，杨跃宗说自己都要求严格执行。灯光、舞美、演员的一举手一投足，每出新戏都要换全套戏服，等等。看戏不只是看热闹，专业的戏迷会看舞台、布景、服饰、化妆是否考究，以及每位演员的专业水准如何。作为一位演员，演出来的戏是给观众看的，观众喜欢的认可的，就是正确的，金杯银杯不如观众的口碑。

杨跃宗用实力和认真，打破了"芗剧只属于老人家"的刻板印象，以努力和一场又一场的好戏回馈了"粉丝"。他希望可以靠自己的力量，对每位观众说："我对于每一场演出都很看重，我对每一个角色都很真诚。"

杨秀玲

厦门市民间文艺家协会会员，戏
曲演员，区级"非遗"传承人。

戏剧盔头制作技艺

杨秀玲：鬓影朱颜十年灯

　　当更多目光聚焦一夜暴富时，传统工艺却在慢慢衰退，一位老手艺人的逝去，往往就意味着一门技艺的消亡。时代发展，求新求变，沉静变得很难，歌仔戏演员杨秀玲的坚守，却折射出一股倔强的力量。

　　一针一线均是自己缝纫，一珠一钗全部出自手工。杨秀玲和戏曲盔头结缘，已经多年。从台前到幕后，从喧嚣到宁静，那些珠钗环佩，带着手工匠人杨秀玲的坚持与热爱，登堂入室，站上各种各样的舞台，甚至走出国门，成为艺界之间的馈赠，留下了无数佳话。

1 /

杨秀玲自小喜欢看戏。

孩提时玩过家家，她偷来家里的红格子桌布披在身上，扮劫富济贫的侠女十三妹，头上插满了母亲做缝纫用的纽扣，还运用巧思拿夹子固定；稍大点，杨秀玲跟在一堆老人家身旁，走上几里路去看社戏，每场必到，每看必晚，拥有"戏霸"之称。灯光妖媚，环佩叮当，小姐头上的金钗银钗各种珠花，让小小的杨秀玲深深沉醉。

1994年，时年13岁的杨秀玲离开家，进了当时风靡闽南的某歌仔戏团，凤冠霞帔、蟒袍绣甲，游走于管弦锣鼓之间。当时，杨秀玲的家境不错，学业尚可，父母并不太支持女儿的决定，但小姑娘很执拗，带上简单的行李，一门心思扑了进去。

第一次跟剧团去演出，恰逢走远程线，一走就是40多天。白天练功，晚上演出，临时食堂吃大锅饭，自己胡乱洗衣裳。换场子时，通常是在夜晚，戏歇场，遂撤台收拾，往往要到半夜才上路。为了省钱，剧团雇货车采取人货混装方式，主角和年纪较大的演员坐在驾驶室，其他演员就缩在货车后斗，和一堆戏箱为伴。怕遇有关部门检查，司机每次都抄小道，坑洼不平的路面，引发极大震动，杨秀玲常觉得连心肺都要震出来。要回大本营那天，雨大风急，后斗的帆布破了，不停地往下漏雨，车子在泥泞的路上抛过来又抛过去，小姑娘吓得哭了一路。

父母以为这下该消停了，但歇息两天后，杨秀玲又按时返了团。戏一开场，她便高兴起来，戏曲中的世界华彩绚烂，让小小的她欣喜又着迷。她一股脑儿扎了进去，不抱怨不退缩，哭过了从头再来，不仅认真学习基本功，还自告奋勇管理戏服盔头等。凭着祖上曾经做过头饰的底子，杨秀玲无师自通，足以胜任。

2 /

亲近戏服与盔头，让小姑娘浑身充满力量，仿佛着了魔。她所有的目光都凝聚在这些道具上，常常一个人躲在后台收整着，对于上台唱戏反而显得不够热衷。加之练功太苦，身材瘦弱的她每每望之生畏，某日早起练习"鹞子翻身"眩晕后，她不再参与练早功，师傅看在眼里，急在心里。遂找杨秀玲谈话，一番苦口婆心，杨秀玲不为所动，师傅叹口气说："不具备上台条件的学徒是不能穿戏服戴盔头的，看、摸和真正用上，是完全不同的感觉。"

就是这么一句话，把杨秀玲彻底点醒。她又回到早功队伍，每天早早就在训练场吊嗓劈腿不辞辛苦。渴望和戏服盔头亲密接触的信念，成了最大的助攻，她进步很快，不仅克服了心理障碍，还攻下了一系列基础硬功。很快，团长便通知她上台，扮演新剧目里的串场小丫鬟。虽然只是个小角色，但破冰是一件多么值得高兴的事情！闽南八月，天气依然炎热，微起的一点风带来桂花的清香，杨秀玲在香风中沉醉，兴奋而紧张，晚饭也没顾上吃，早早就换上了戏服，等待师姐们来梳妆。生旦净末丑，锣鼓弦声响，灯光把精致的道具照耀得熠熠生辉，而戏服又将演员包裹得曼妙优雅，粉墨登场的是剧中的人生，杨秀玲也入了戏。那一天，她扮演一个无名的宫女，梳着发髻，斜插一支小簪子，简单清雅，却已经是她心目中的精美绝伦，令她在多年后，依然深深记得当年的场景与扮相。

3 /

杨秀玲拥有的第一件戏剧盔头,是一位马来西亚的同行寄来的。那一年,秀玲随团到马来演出,半年多的时间里,她除去演出外,到处去看本地的剧团演戏,不仅看前台,还要看后场,看她们的盔头,看她们的戏服。那时候,她已经在团里挑大梁唱小生,时间很有限,但只要有空就要出去走走看看。马来团里面有很多盔头都是演员自己缝制的,杨秀玲一一摩挲后,直言不讳提了许多意见。班主很惊讶,马上就差人记了下来,还竖起大拇指频频称赞杨秀玲年纪虽小,但问题和建议提得准、看得精,造诣深厚。两人自此常有来往,探讨歌仔戏的变迁和戏曲盔头的差异。杨秀玲生日的时候,班主寄来了剧团里最漂亮的一套太子盔头。

平时看电视歌仔戏,杨秀玲总是要打起十二分的精神,除了看剧情、看唱念做打外,还得花心思研究盔头造型,钻研技艺。有一次,看明华园的《八仙》,台湾歌仔戏名角孙翠凤正表演何仙姑,整套银白色的莲花盔头一下子就吸住了杨秀玲的眼睛,舞台走场,换景极快,杨秀玲一眼不错地看着，似乎要把那盔头的造型直看进眼里，心里紧张得"咚咚"直跳。一整天，杨秀玲都处在神游状态，晚上在床上躺许久，怎么也睡不着。于是半夜起身，悄悄绕出宿舍，呼呼的风里，她站在柱子旁，借着台上的微光，剪了个纸样。第二天，等不得天亮，她就从下属的小村庄往市区赶，在相熟的店里拉网式找铁线铜丝和一些彩珠亮片。一整天窝在小店里，绕彩带钉亮片镶珠花，终于完成了一个漂亮的盔头的雏形。

4 /

雏形完成后，又碰到了新的问题，有一种棱柱形的多面闪光水晶，无论如何也找不到材料。杨秀玲到处托人，均没能如愿，无奈只好先用了替代品，但单闪晶和多面晶在闪度上差距甚大，做出来的盔头自然也显得黯淡许多。杨秀玲每天都把半成品搁在枕畔，睡觉前看一遍，睡醒再看一遍，眼睛都要看出茧子来了，却在某一次的梦中惊醒，恍然大悟般去找工具箱，连夜动工。她用六个单亮片攒出了一朵两层的小花，里层花苞与外层花瓣相辉映，终于实现多面折射亮光的效果。

接下来那几天，杨秀玲不断优化，一片片粉色莲瓣在她手中盛开，惟妙惟肖，十分象形，两侧巧妙顺耳垂下的数根同色流苏，灯光下流光溢彩，娇俏可爱。

找杨秀玲做盔头的人快速增加，她做的戏曲盔头，频繁登上各种戏曲节目的舞台。某电视台戏曲十二旦比赛，除两个刀马旦和两位娘娘级人物戴凤冠霞帔外，其余的头饰均出自杨秀玲之手，行当涉及面也极广，有青衣、老旦、小花旦等。

5 /

杨秀玲每天都要研究新款式，看古装老戏时，势必会带一个笔记本，以备随时画造型图样。她没有任何美术功底，构想的造型，常常没办法通过笔触形象地描绘出来。她思来想去，便跟女儿报了同一个画画班，女儿学水粉，她学素描，挤挨在一堆小毛孩中间。刚开始，学画的小孩摸不清楚状况，以为她是老师，频频过来请教问题，后来家长都提出了异议。杨秀玲只好改上一对一，每天利用午休的时间去学习，时间安排得满满当当。

有人跟杨秀玲说，你做手工盔头，一个礼拜才能出一个，卖价又不贵，没什么前途。有人劝杨秀玲和工厂合作批量生产，也有工厂看到报道，前来与她谈合作。但她觉得，现代社会太先进了，很多东西都制式化工厂化。而歌仔戏不同，传统需要这个味，需要慢下来，耐得住寂寞，忍得住辛苦，注重精神与情感，才能让手下做出的每个盔头都有灵魂。

技艺

1. 绘图

将盔头的造型/搭配，先在纸张上画出形状，并等比例标注出尺寸。模型不一定一成不变，只是绘制个大概形状，做的过程当中，经常会视实际情况微调，这样做出来才会好看。

2. 抽芯

将金丝线根据绘图的尺寸长度，剪成一截截，再一截截依长度抽芯。这个步骤非常考验细心、耐心及专业度，手劲不能太大或太小，速度也不能过快，一不小心，金丝就会打结。

3. 定型

穿好金丝线的铁丝，需根据角色及草图样式所需，编成各式各样的形状，头尾处需要做很好的固定，才能免去脱落之忧。

4. 订珠

雏形初现，形状已经明显。接下来就要挑选合乎要求的珠子来进行手工订珠。珠子的大小很有讲究，太小容易陷进去，达不到应有的效果；太大又觉得过于突出，显得突兀。

5. 加固

缝制好"AB彩"（一种珠子的名称）手缝珠，最后的收官动作就是打胶加固。打胶加固是必不可少的一个环节，这样鱼线打结处才不至于勾扯到头发，插头饰时也会比较顺滑。

巧手插珠花

走进杨秀玲的忠玲艺苑，如同走进戏曲的百花园。面积约50平方米的工作室里，墙面挂着一大排戏服，小生的长衫、青衣的缎裙，花月春风，描龙绣凤，抬眼望去，满墙才子佳人；立柜里，台面上，桌子上，椅子上，摆放着十几个盔头半成品，生旦净末丑，都能在此各取所需。这样那样的箩篮及手袋，在灯光下亮闪闪。我们开玩笑说："是不是藏着夜明珠呀？"凑头一看，全是盔头的原材料。

屋顶正中，一把吊顶风扇，看得出年月已久，如同这间房给人的感觉，复古朴稚，散发着时光的沉香。仿佛岁月从不曾流走，此间清悠静雅，贪恋地在这里坐上半天，冥想、感怀，都很适合。

杨秀玲一直在忙着，她给我们取盔头时，会很自然地再理理珠钗的流线，或者把钗子的角度位置再挪一挪。快门要按下时，她又喊停，说："等下等下，这个插翼有点歪呢。"

我们笑她怎么像打扮闺女出嫁，怎么美都嫌不够。她有些不好意思地说："职业病呢，总觉得有一个地方没弄好，总想弄得更完美一些。"

问起戏曲盔头的价格，杨秀玲答，一百多块的也有，好的可以卖到三四百，但售价三四百的款式，大约一个礼拜才能出一个。

卖价不贵，事项烦琐，庸俗如我等自然要问如此这般是否有"钱途"。杨秀玲笑答，早几年就常有工厂来谈合作批量生产，后来报道多了，前来与她谈合作的人更多。但她始终觉得，现代社会太先进了，很多东西都制式化工厂化。而歌仔戏不同，传统需要这个味，需要慢下来，耐得住寂寞，忍得住辛苦，注重精神与情感，才能让做出的每个盔头都有灵魂。

"其实我很少去想前途如何，只是觉得喜欢，对于手艺人而言，悲观或乐观，都是要一天天做好手中事，可能我更重视的是制作时的情感与愉悦。"

采访过程中，杨秀玲总能将每套盔头所对应的角色和所属经典剧目详尽解释，间或还跷起兰花指，唱上几句。杨秀玲说自己热爱歌仔事业，喜欢舞台上入戏的感觉。盔头是戏的灵魂，既表达角色特点，也沾染了无数角儿的气息。从盔头使用者，到制作者，身份转变，热爱不变。杨秀玲觉得那是一个人戏曲情结里的人格力量。

当年，就是凭着这股力量，她穿越浮华坚定了自己的理想。后来，也是这股力量，使她甘退幕后，执着研究，十年如一日，华彩熠熠，串起戏曲里的鬓影朱颜。

林友林

闽南小吃匙仔炸制作传人。

闽南小吃匙仔炸制作技艺

林友林：守护初心

　　提起闽南的灌口小吃匙仔炸，首先要说灌口的历史。据说明朝年间，厦门灌口镇的深青驿站，有一四川人到此当差，亡故时，他的忠狗叼香炉去往灌口凤尾山，终日守炉，寸步不离，后人感其忠诚，便就地搭盖了一座简陋的小庙，供奉香炉。后来，小庙宇成了大祖庙，香火渐旺，每年农历四五六月间，上千香客到此敬拜。饭店难以准备很多餐具，便有人创造出匙仔炸，夹上面条两手捧着，随走随吃，既经济又方便，俗称匙仔炸敆大面，即在"匙仔炸"外面包面条，被称为厦门最早的"方便面"。

位于厦门市集美区灌口镇老街的"林添发匙仔炸小吃"，已经有半个多世纪的历史。这里，曾经是进入灌口镇的必经之路，承载着许多灌口人的味蕾记忆。"林添发匙仔炸小吃"最早起源于林友林的祖母苏春玉。林家奶奶手艺极好，从年轻时就开始摆摊，她做的匙仔炸及扁食汤，在灌口一带深受好评。1971年林家匙仔炸第二代传人林添发，继承了祖先传统制作手艺，并于1980年在老街上正式开了店铺。林家匙仔炸第三代传人林友林，就在这一年，开始加入家族传统手艺的制作队伍。

林友林自小在匙仔炸的香味中长大，六七岁时，奶奶已经教他自己动手制作，怎么"拌料"，怎么"和粉"，他都清清楚楚。但那时，林友林觉得自己不可能继承家族产业，也不愿意天天坐在店里做匙仔炸。虽然初中毕业后没再继续上学，但林友林一直是个想法很多、行动力很强的人。他在年轻时主动改了名字，从林友霖到林友林，虽是一字之差，但费了很多心力，要说服父亲，要去派出所开证明办手续，还要更正一些以前已经形成的文件。为什么一定要改名字呢？如今的林友林想起来，可能是因为"林"比"霖"更简单，更好写，但更多的是，他觉得林友林这三个字的组合，更别致，更有创意，也更与众不同。

初中毕业后，林友林外出去打工，做了三四年才回家帮忙。"林添发匙仔炸小吃"因为有他的加入如虎添翼。但是，只做了两年，看到市管站招人，他又赶紧跑去应聘，一个月40元的工资，当然比卖匙仔炸时低，林父也多次动员他回来，林友林却不为所动。在当时他年轻的心里，未来有多种可能，他希望自己可以多多去做尝试。

2 /

1990 年，林友林获得了一个难得的机会，只要通过考试，就可以成为工商行政管理所的正式人员，享有事业编制。但恰在此时，林父身体欠佳，店里的生意很好，一天都离不开人。孝顺的他只得依从，放弃了在工商系统里长期发展的打算。

可是，内心的排斥，让他对匙仔炸总是喜欢不起来。见父亲身体慢慢见好，林友林又一次选择离开。他报了个厨师培训班，并应聘到镇政府当厨师。和吃有关的行业，让林友林感觉如鱼得水，他学以致用，越学越带劲，越学越有心得。每次听到镇政府的工作人员说他做的菜好吃，林友林就感觉富有成就感。

这一干，就干了10年。

林父慢慢老了，身体越来越不支，不知不觉已走到了人生的最后阶段。林友林的兄弟都各自有营生，有的卖海鲜，有的卖米，生活在固定的模式里，没有更改的必要，唯一适合接班的，似乎只有林友林。

人到中年的林友林，又一次站到了人生的十字路口。父亲去世的那天晚上，他一个人在老屋坐到半夜，一直想着家里的生意承继，也想着自己的前程。虽然他并不喜欢匙仔炸，但也担心家族手艺在他这代失传，内心的责任感，使得他再次选择回归。

3 /

对于做匙仔炸，林友林谈不上喜欢，但既然决定要做，他就一定要拼尽全力。这是林友林内心对自己的要求。

每天，鸡未叫，天未晓，林友林就起来了。买菜，买肉，买海蛎，样样都马虎不得。匙仔炸的主要灵魂配料蒜苗，一定要选专门供货的那家，他对食材品质有严苛的要求，用他的话说，没有好的原料，自然做不出好的成品。青蒜苗和红萝卜，林友林尽量选择本地产，他自己要下田去考察种植情况，遇到品质好的，整田全包；瘦肉他只选腰条，还得当天宰杀，新鲜直达，有时，接过手时，肉还热乎；海蛎，除了要求新鲜个儿大外，他说有时还要求连壳一起送过来，自己亲手一个个挖，既保证新鲜，也比较干净。

每天晚上收摊，林友林一定要把锅里的油倒掉，有的时候，还剩大半锅，倒掉确实可惜，但林友林已经习惯如此，他说，高温煎炸过的油，里面含有致癌物质，严格执行每日一锅新油，是他在厨师班学到的规范，也是一个食品从业者的良心。

做匙仔炸，蒜苗是必需品，但本地的蒜苗往往会有季节性，每年都有很长一段时间，菜农没有办法提供到位。有人建议林友林，直接换用闽南本地做薄饼的菜品，比如韭菜、高丽菜等。林友林却不同意，他觉得高丽菜做出来的口感过于绵软，纯一味的韭菜不好吃，且闽南人视韭菜为发物，据说如果哺乳期的妈妈吃了还会回奶。于是，做过一两锅后，林友林就不做了。他歇业数天，到处去寻找蒜苗，终于联系上了一家北方专门种青蒜的大户，这才将店重新开张。

4 /

准备食材是个非常费劲的活儿，要拌粉浆，要切蒜苗、切胡萝卜，还要和调料，件件桩桩都是细致活。林友林很关注第一锅的口感，如果没有达到要求，他要么再次调味补救，要么直接整盆舍弃。

有一回，林友林发现新到的地瓜粉没有洗干净，做出来的匙仔炸有不明显的小黑点，而且口感也不松软，咬上去比原来的硬。作为老师傅，他估计这批地瓜粉里面掺了面粉，或是洗地瓜细条时没有洗得很干净。当然面粉也是可以食用的，本身问题不大，但追求极致细节和品质的林友林还是扣下了那锅刚起炉的匙仔炸，并立马打电话，将剩下的地瓜粉全部退回给自己合作多年的伙伴。

林友林说，做吃的东西，口感和卫生很重要，家族创立一个老品牌不容易，所以，他很注重这方面的品质，并且会一直注重下去。

在厦门，在集美，在灌口，做匙仔炸的人很多，但似乎只有"林添发匙仔炸"声名最响，它的食客，以灌口本地客群居多，也有厦门岛内，或周边的漳州市、泉州市，甚至省外的人慕名前来。有一对上海夫妻原来在集美工作，常光顾林友林的店。后来，丈夫回老家了，还在厦门的妻子便常常买半成品寄回去给老公解馋。

得知客人的需要，林友林先将匙仔炸简单炸过，然后速冻起来。这样，客人收到后，可以将冻品拿出来，继续中火微炸，保持原汁原味。有一回，林友林帮客户寄50个匙仔炸到新疆，快递费花了上百元，但客户觉得很值。他文艺地对林友林说："穿越千山万水而来的匙仔炸，是一个人骨子里的乡愁。"

5 /

有个做匙仔炸的同行，偷偷到林友林的店里吃了好几次后，向林友林说明原委，他很不解："为什么同样的手艺，你做得更好吃，我的不好吃呢？"林友林传授了一些取材用料的方法——新鲜，品质好，才能做出上等的好食品。此外，为了让馅料吃起来更香，林友林自己买中药材来调制五香粉，外面买的调味品，在林友林看来滋味寡淡，搅拌进去也不够香，必须得自己研磨调配，才能激发出食物最动人的味道。林友林认为，这是差之毫厘，谬以千里的一件事。

从不喜欢，到用心做，林友林为匙仔炸的口感精进费了不少工夫。但他也不愿为了生意，影响自己的生活品质。"林添发匙仔炸小吃"每天九点开始营业，中午12点必须关门午休，下午3点再开市，晚上7点前，势必要结束一天的营生。对于做生意，林友林有很清楚的界限，除了用料的良心外，还坚持下班后再不想和生意有关的事。关上店门，洗漱一新，换上干净的衣服后，林友林把自己的时间留给茶道，一个人泡，一个人饮，偶尔，看看电视，逗逗外孙，自在惬意。

林友林的女儿现在是"林添发匙仔炸小吃"的第四代传人，父女俩齐心协力，一起守护着这家小小的店铺，尽力把每一个匙仔炸做好，顾好一家老小的生活，并让常来的老食客们都满意满足。

林友林说，现在做匙仔炸的同行已经越来越少，食材越来越贵，成本陡增，如果没有量的支撑根本没法经营下去。"林添发匙仔炸小吃"也一样，坚守着品质的苛求，坚持薄利多销，希望能把这门传统手艺好好地、一代又一代地传承下去。

匙仔炸的制作过程

1. 备料

准备好新鲜的青蒜，以本地产土青蒜为最佳，择（zhái）根，剥外叶，洗净，沥干，手切成约1厘米大小的段。用礤丝板，将胡萝卜礤成细条。

2. 调味

切碎的青蒜叶，与胡萝卜细条混合放入干净的大盆内，逐一放入味精、盐、少量糖、自制的中药五香粉，搅拌均匀，放入冰箱保鲜。新鲜海蛎备用，放置于一旁。

3. 拌浆

选择正宗地瓜粉（此步骤为关键一步，必须选用纯正的地瓜粉），不能混一丁点面粉，以免口感减分。加入水搅拌均匀，边搅边感受粉浆的黏度，不能太干也不能太湿，这份只可意会不可言传的平衡感，是匙仔炸大师的制胜关键。

4. 热油

大锅支起，小火，满油。既要保持油的热度，但又不至于太热将匙仔炸炸得过黑。待油温九成热，此时，将充分调和后的粉浆配料，放在铁圆圈匙内打底，往大勺上面塞入多多的海蛎，再用蒜叶提香。最后地瓜粉浆再匀一层上去，如此可保证海蛎的香味不流失。

5. 沥油

大勺子接触到油锅的那一刻，粉浆成形，自然分离。随着热油上下翻滚，匙仔炸渐次膨胀，逐渐熟透。观察其慢慢变成金黄，即可捞起。放于油网篓内，充分沥干。

6. 成形

　　捞起的匙仔炸，稍微冷却后，即刻送上餐桌。佐以水面，并配上林家自制辣酱，轻轻搅拌均匀后，满满食欲勾人垂涎。咬一口，其味鲜甘美、柔软芳香，配以辣酱更为可口。

记忆的地标

　　黄昏，夕阳收起最后一抹余晖。灌口老街上，"林添发匙仔炸小吃"的门前人头攒动。这家开了60余年的老店，几经岁月风霜，粉丝只增不减。等一锅热油烧透，等一颗匙仔炸软熟，这是灌口人的日常生活中一件顶顶重要的事。

　　摊头，林友林在拌料，粉浆中放各种作料，勾搅成糊；女儿等在一旁收银和装袋；林妻则负责将生料下锅，待锅里的油升腾起微微白雾时，抓紧将圆形微凹长勺入锅，片刻吸热后，抹一层粉浆上勺子，中间包裹新鲜海蛎及诸多配料，以青蒜提味，最后淋上一层粉浆，再放入热油锅中。热油翻滚、料浆膨胀，逐渐泛起金黄的色泽，碳水化合物的香气扑鼻而来。一颗饱满的匙仔炸，酥脆澄黄，油香阵阵，活像是立体版的海蛎煎。

　　在闽南，以海蛎做炸物并不鲜见，路边摊点上，蚵仔炸是其中常有的一款。盈半寸厚度，5角一片，包的是海蛎、蒜叶、香芹和胡萝卜，与匙仔炸从配料上来说并无相异，做法上却有不同。蚵仔炸将所有配料混合成一体，摊薄过油，一熟俱熟。而匙仔炸的做法，则是把所有的馅包于其中，最好地保持了馅料的滋味。

下午3点多，店里座无虚席。老食客们午睡醒转，从四面八方会聚过来。刚起锅的匙仔炸，配上一碗碱面，面的冰凉清爽，夹杂匙仔炸的酥香，再蘸一些店里自制的辣酱，完美满足。

小小的空间，为老食客们提供了一处记忆的地标，仿佛是一个亘古不变的约定，为匙仔炸，也为渐渐逝去的许多传统吃食。

林友林曾经想把小店扩大，搬去更好的地方，但也没法说服自己的习惯，30多年的光阴里，他习惯这里的每条街每家店每个人，正如他们也极熟悉他的味道一般。

人们钟爱一种味道，大多是因为记忆中的依恋。依恋人与物的因缘际会，依恋人与人的亲密关系，以及那些再也追不回的记忆中的温暖往昔。

陈有粮

闽南小吃木梳饼制作传人。

闽南小吃木梳饼制作工艺

陈有粮：每一个都有灵魂

漳州平原，龙海浮宫，地处九龙江下游出海口，与厦门隔海相望，素有"鱼米花果之乡"的美称。百年前，龙海人便长于精选五谷，以碾揉搓蒸炸煎等传统工艺，精心制成各色传统小吃，闽南古早味木梳饼就是其中的一种。

木梳饼，顾名思义，因其形似女性梳头之桃木梳而得名。相传自清朝乾隆年间即兴起，在当时属贵重糖品，只有有钱人才消费得起，平常人家望尘莫及，唯逢年过节时才会舍得自己买材料自行制作。

百年已过，在当今闽南人嗜茶的传统里，仍有木梳饼的一席之地，春节探亲访友更是常见。

1 /

　　"浮宫"这个名字，是和杨梅紧紧联系在一起的。浮宫杨梅，中国国家地理标志产品，享誉全国。每年秋末冬初，少雨多晴，山上的杨梅需要疏枝截木，漫山遍野，柴木堆积。

　　这时，陈有粮便开始忙碌，农历十月至十一月间，她每天都要上山，把山民砍下来的杨梅木拖回家当柴火备用。虽然家里有各种厨房电器及煤气，但她依然要储备许多柴火——做木梳饼需要烧柴火，其中又以杨梅木为最佳。

　　陈有粮家的"陈伯木梳饼"就坐落在浮宫镇圳乾村的村道上，没有炫目的招牌，没有繁复的装潢。L形的乡村小楼，前庭后院井然，店连宅的格局，店门正对街道，正好是做生意的档口。简单的石棉瓦小屋，旁边是一套桌椅。敞口大锅的下面，柴火正旺，剖成细枝的杨梅木，堆于墙角，有着橘红的色泽，塞进炉灶，散发淡淡清香。陈有粮说："做木梳饼只能用柴火大灶，煤气和电气炉都没有办法做出那个味，而杨梅木性甘味平，更具有中医方面的辅助功效。"

"陈伯木梳饼"是一家遵循传统古早味制法的老字号店铺，祖辈传承，已经做了50多年，凭借着优质的食材和出众的手艺，口口相传，在龙海区的浮宫镇、港尾镇、白水镇一带都有些名气。

小楼是家，也是店，无须过多广告宣传，口碑就是最好的广告。乡邻买菜经过，被香气吸引来，买上一两包回去，作为下午茶正正好；骑摩托的人顺路经过，一踩刹车，随手捎带，裹着花生香绝尘而去；开车的人是慕名而来，摇下车窗时，软糯的闽南话，显然来自鹭江那头，他带着大箱子，一包包码上去，封下，密紧，还塞了很多报纸填间隙，路远，颠簸，包装紧实才不容易碎。更多的，是口口相传的饕客，有人买了去，单位里分食，大家都觉得好吃，就继续买，继续分享和传播，于是有了越来越多的"粉丝"。

2 /

说起木梳饼，陈有粮对其有着很深厚的情感，小时候家里穷，吃糖是极其奢侈的事，零食更是从未见过。逢年过节时用于供神的木梳饼，是家中仅有的美味零食。她至今深刻记得儿时做木梳饼的情景，正当壮年的父亲很快支起一张木桌，摆上材料和器具，两手翻飞，开始制作。

父亲做木梳饼时，陈有粮总是主动搬来一张小板凳，在旁边认认真真地看。那时候她还极小，谈不上学习，对于那些复杂的工序，也没有太多兴趣。她坐在旁边，看着，只是看着，就觉得幸福感满满。糖的香甜，在小女孩的心里滋滋冒泡。但随着长大、出嫁，少时的这份味道只能成为童年里珍藏的记忆。

直到1996年，陈有粮产子在家休息，正逢闽南七月普渡节，她准备拜神的食品，忽然就想起了父亲当年的美味，遂动手开始张罗。可是，待真正动手，才知道美味来之不易。她看着一堆食材，忽然有些一筹莫展。

3 /

陈有粮把父亲请了来，鞍前马后学了整整两天。先是炼猪油，小火，锅微温时入块状猪大油，等待一锅滋滋声起。然后开始炒花生，仍是小火，洒花生雨入锅，手掌如炒青般挪磨，至微微喷溅，至散发淡香，至花生膜上出现微微的黑，就代表火候到了。然后也是起锅晾凉，脱膜，搅碎，同步和面，光面皮就要擀好久，一小片一小片，码在一边。接着要在花生馅里和入白糖，再包到面皮里，捏木梳纹样。最后下油锅，至金黄酥脆时捞起，再晾凉，再沥油，如此烦琐。

起初兴致勃勃的陈有粮，这时有些气馁。但10斤面粉已经码在案头，她计划做成后要分送给这个亲戚那个朋友，以及左邻右舍。开弓没有回头箭，再麻烦也得硬着头皮上。她跟在父亲的后面忙，从早上6点，到下午3点，筋疲力尽，第一锅木梳饼终于顺利出锅。

站在刚起锅的一箩筐木梳饼前，陈有粮欣喜得差点落下眼泪来，她在这时觉得，所有的辛苦其实都值得。20年前的情景扑面而来，她重新回味并拥有了那种幸福满满的感觉，仿佛回到儿时的古埭头，年少时的情景历历在目。彼时，隔着岁月风烟的木梳饼金灿灿摆在篮里，她迫不及待拿起一个，热乎而烫嘴，一口咬下去，微微爆浆，是花生的香，糖稀的甜，油皮的酥脆，多层的饼香，一时间，味蕾跳舞，食指大动。

4 /

按照原计划，陈有粮将木梳饼分送给了诸友人，不多日即收到多方反馈。大伙儿齐声称赞手工出细活，完胜市面上的"工厂版"，那些模具压出来的规规整整的木梳饼，样式虽好看，口味却呆滞寡淡，带着工业化的制式与凉薄，完全没有手工的醇香口感。

闽南普渡日各村有别，通常是这一村镇普渡完，那一村镇又续上。于是乎，整个农历七月，陈有粮家络绎不绝，有亲戚朋友送来油和面粉，请她帮忙加工木梳饼，有的直接给钱托她买物料直接代劳，有的则建议她赶紧开店营业。她们异口同声，赞不绝口，翻来覆去无非一句话："有粮的木梳饼真的太好吃，太好吃了。"

朋友们的认可让陈有粮获得了成就感，而她本来也是个热心人，通常来者不拒。她继续请父亲出山帮忙，每日两锅，直忙到七月底。

七月过后还有八月十五，中秋过后是九九重阳，接着就要过春节了。这段时间的口口相传，带来了更多的慕名之人，他们不仅自己吃，还计划着多做一些过年时送礼。

陈有粮的"木梳饼店"在大家的鼓励和捧场中开了起来，从起初只做木梳饼，到后来慢慢品类繁多，也卖蒜蓉枝和其他的小食。

不管量多还是量少，陈有粮都坚持着原来的制作手法。当天做当天卖，花生也一定是当天炒当天搅，保证香味最浓郁而又不会变味。花生要挑本地精选的花生，一定要用炒制的，而非油炸，炒出金黄色再拌糖，这样做出来的木梳饼，不含油，轻身，一斤可以多出好几个，不会有油腻味，且可以多放好多天。搅面粉必用猪油，猪油也要用柴火慢慢熬，猪油比较酥，且好吃，有天然的香味。

这些，都是陈有粮的坚持和讲究。

5 /

一个看似简单的木梳饼，要真正做好却必须要踏实地遵循着复杂的传统制法，每一个细节都要耐心用心，每一道工序都不可或缺，也正是这个原因才让古早味的传承变得弥足珍贵。

陈有粮的父亲陈红军，今年已经70多岁，他自小跟随爷爷、太爷爷学习古早味制作，木梳饼制作更是擅长。然而20世纪60年代时，因物资匮乏、粮食短缺，陈红军扑身于田间地头，许久未做这些小甜食。渐渐地，儿女大了，都外出求学打工，陈红军奔波于多地给孩子们帮忙，久而久之，他乡就成了故乡，闽地的木梳饼渐渐被遗忘。

陈有粮重新挑起了父亲的回忆，她把父亲又引到了制作古早味的路上。26岁那年，当她提出要学做木梳饼时，父亲十分高兴，他倾囊而授，把所有的技艺一一教给了女儿。陈有粮前后练了半年才算学会了，一开始学习，要先折木梳饼的花纹，枯燥乏味，难免让人心浮气躁。慢慢地，熟能生巧，一团面能大概掐出来几个，每个多大，心里开始有数且标准，这时就进入了心流的状态。

如今，陈有粮又将手艺教给了儿子和儿媳，年轻人心灵手巧学得快。加之现在科技先进，烘焙的电子秤，可以将要添加的食材数量精确到毫厘。但陈有粮不允许也不赞同他们用现成的模具成形，她认为模具掐合不紧，炸时容易松口散开，会影响整锅的口感。

坚守古法，讲究的就是味道，差之毫厘，谬以千里，她一直认为，要真正做好古早味，就要一步一个脚印，真正从细节上遵循复杂的传统工艺，每一道工序，每一个手法，均需尊重原有的习惯，这样做出来的木梳饼，才能富有灵魂。

技艺

1. 熬猪油

猪油的质量决定了木梳饼的味道，陈有粮总是要亲自采购食材，因担心市面现成猪油会掺鸡油鸭油下脚料，所以总是自己买了"猪大油"来慢慢熬，这样才能确保食材的安全。

2. 揉面团

面粉、水、猪油按照一定比例揉搓在一起，不断地重复揉面，静置一个小时左右醒面待用。充分揉搓后的面团比较细腻紧致，拉伸不断，这样的面皮入油不会炸开，口感才会酥脆。

3. 擀面皮

揉搓出来的面团必须筋道细腻才算合格，随后用切刀将面团切成几段，再用手揉成一个一个的小团。每一个都要差不多大小，搓圆，再用擀面杖擀面皮。

4. 炒花生

　　取挑选过的本地花生，用杨梅柴火慢火翻炒，如炒青般用手在大锅里按摩花生，炒到花生变色，但又不焦。据陈有粮介绍，这是至关重要的一个步骤，炒制的花生比油炸的花生更酥脆，口感不油腻。

5. 榨花生

　　花生起锅晾凉，用漏筐摊开。取圆木头约尺长，把握手中力度碾破花生皮，使得花生膜逐一脱落。去膜的花生清甜香脆无涩味，用搅拌器搅碎。

6. 下白糖

　　选用上好的白玉兰白砂糖，按比例混合待用。白糖一定要现用现下，如果太早放入，则会融化影响口感。

7. 包成形

取面皮，匀半小勺馅料，装馅时最重要的是控制好量。装得太满，容易导致馅料溢出，装得不够满又会让整体形状不够饱满，影响美观。

8. 捏角纹

木梳饼因形似木梳而得名，木梳状角纹最能体现形状之美，也是考验手艺的关键一步。在陈有粮手中，一提一捏，眨眼之间，一个漂亮的木梳饼雏形就已显现，每个梳纹间的距离疏密有致，十分井然。

9. 入油锅

选用上等花生油或调和油，油温七成热，将木梳饼逐一放入。火一定要小，不断地往炉灶里添杨梅木，观察油温，油过沸时一定要及时减柴。观察油锅内的木梳饼，炸至两面金黄色，方可用笊篱捞起，出锅晾干。

10. 出成品

　　油炸成形后，静置半小时左右，一盘金黄色的木梳饼就算完成了。木梳饼褶子的地方是硬硬的脆，表皮以里却是层层叠叠，酥松酥松的脆，咬一口，碎屑随之掉落，里馅香甜，口感十分松软，唇齿间香气四溢。

幸福的木梳饼

车子从疏港路左拐，不一会儿就进入了圳乾村区域，干净而笔直的村道，两侧小楼井然，富美新农村的观感，再不是以往模样。

陈有粮在院子里忙碌，她身材不高，风风火火，皮肤稍黝黑，五官很端庄，如果不是她的孙儿就坐在旁边玩，你很难相信她是个奶奶辈的人。

陈有粮听不懂普通话，也不会讲。采访全程，她一直在忙手中活计，大口罩遮住半边脸，眼神含笑，炯炯有神。她强调自己没有太多故事，就是喜欢吃，所以学着做。做了，就坚持做，坚持用好的材料、好的手法，看到越来越多人来买，心里很高兴，很有成就感。如此而已！

而事实上，做木梳饼十分烦琐，需要提前准备好多东西，而且只能备着，真正要做时才能开始启动。陈有粮她们通常只能提前一晚上做一锅，第二天清早卖，然后再续着做第二锅，11点多卖，下午准备第二天的食材，周而复始。只有碰上南风天，才会歇上几日。所以，陈有粮基本不出门，她一年到头都在小院里忙碌着，做木梳饼，做蒜蓉枝及各种古早味小食。"因为我们都是用传统的发酵法，没有添加剂，面粉发酵主要靠天气。比如南风天就不好做，做出来皮很软。西北风最好做，口感也较酥脆好吃。"

问陈有粮做手工活是不是非常辛苦，她爽朗地大笑着说："不会不会，我弟弟说，人的手上有很多穴位，三条阳经三条阴经，做做小手工，经常按摩经络，能够养经，对身体很好，很幸福的。"

陈有粮一直觉得，自己做的是一件很幸福的事，能够让父亲的手艺代代传承下去，也让大家在工业化的年代里能继续吃到古早的味道，更能为一些在外的游子串联起与家乡的联系。功德无量，福报无边！

"你看，我做的沙西饼（闽南语，即木梳饼）真水（闽南语，即美）吧，刚炸出锅时更好看，一点油光，金黄金黄，香啊！"

"我的花生真水吧，我都是买精选的当季的花生。"陈有粮边说边开心地笑着，"花生一定要用炒的，这样才不会太油腻。油炸当然简单，但不够松，馅做出来太实，不好吃。"

陈有粮说这些话时，嘴角扬起，眼睛不离她刚起锅的一筐子金灿灿的木梳饼。大大的院子里，摆着她制作木梳饼的一些道具，醒目的是那一口土炉灶上的大锅，锅旁杨梅木理成整齐的一摞，一截一截码在屋角。她的儿媳妇坐在门内掐角，她的父亲每至午后就会来帮忙掌锅，一屋的孩子在厅堂里笑着，声如银铃。灿然的阳光从屋角射进来，满院碎金，欢欣雀跃。

那是糖油与花生的甜香，那是属于陈有粮的简单而确定的幸福。

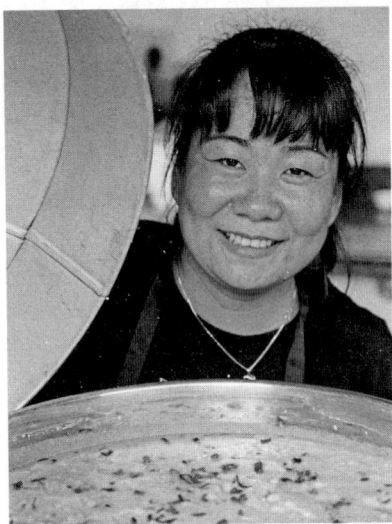

黄亚娜

闽南咸粿制作者。

黄亚娜：巧妇有"粿"炊

做粿是闽南女人的特长，和针工一样，是自小必修的手艺。如果哪家的女儿粿做得不好，就会被笑话"歹查某做无粿"（笨女人做不好粿）。粿品的背面，树立着闽南民间的价值体系、故事传说以及精神信仰。

"粿"，在很长的时间里，贯穿于闽南的整个生活图景中，牵扯着闽南乡民心中的乡情、亲情，与他们的欢乐和悲苦紧密相连。闽南的粿，不仅是满足口腹的精美小食，更凝结着一种本土文化，体现着闽南的精神。继承和发展"粿"文化，有经济上的意义，也有文化上的意义。

粿，见字生义，米食也。因闽南先民多由中原南迁而来，按祖籍的习惯，祭祖要用面食当粿品。南方不产麦子，只能用大米来做粿品。这，就是"粿"的由来。

从祖父辈开始，我们生活里，总是离不开闽之粿。闽南人的记忆深处藏着无数来自民间的"粿"的滋味，逢年过节，初一十五，必然会有。龙海的一些村落中，还存在着许多传统美食的坚守者，为我们留住了儿时的传统味以及孩提时代最美好的感觉。黄亚娜，就是其中的一位。

福建省龙海区田里村，革命老区村，位于漳州台商投资区角美镇北部，东邻厦门海沧区，交通便捷，四通八达。田里村人擅长做粿，家家户户每至过节就泡米绞浆，如果你在初一十五来到田里，整个村落飘荡着闽南粿醇厚的清香，未及深入，已被粿香吸引，可谓一景。

在此风景中，村口的王家是此中佼佼者，整个家族做粿的历史已有30余年，祖辈相传，旁逸斜出，历经时代变化，依然坚持。而王家媳妇黄亚娜的加入，不仅使婆婆的手艺得到了完美继承，而且带动传统技艺不断精进，求变求新。

2010年，黄亚娜从外乡嫁入田里村擅长做粿的王家。媒人介绍，相亲议定，嫁夫随夫，入乡随俗。黄亚娜对于做粿是有心理准备的，食品行业的苦她在娘家早有耳闻。但，真正入了门，切身实地投入努力，才发现，这个行当的烦琐和辛苦，委实超出她的想象。

晚上泡米，半夜磨浆，大清早起来蒸粿，晨起即切块包装运去市场。整个过程，事项杂多，虽基本以婆婆为主，阿娜跟公公和丈夫只是打打下手，但昼夜颠倒的生活，还是苦不堪言。黄亚娜在娘家时很受宠，上面有父母和哥嫂罩着，基本什么事都不用操心，也很少碰家事，平时常被誉为"吃饭碗中央"，闽南谚语中，这是很享福，不操心的意思。

2 /

每天做粿卖粿，有时大半年都不出村子一次。黄亚娜觉得自己的人生仿佛老禅入定，再无波澜与惊喜可言。可是，这分明不是她想过的生活，她和所有的青春少女一样，有过各种瑰丽的梦想，她希望能够走出村庄，到外面去打工，打开视野，去寻找一方新的天地，让自己有所作为。

但是，女儿的到来打乱了黄亚娜的节奏与理想，孩子出生瓜分了她很多时间，也绑住了她的身心。她慢慢觉得，对于一个女人而言，生命的残酷在于你会被很多世事干扰，且并无多少腾挪空间。儿女是美好的牵绊，也是甜蜜的负担，只要孩子来了，很多夙愿多少理想，均无法如愿以偿。毕竟，理想与现实的差距总是天壤之别。

就这样过了三四年，黄亚娜怀二胎时，婆婆生病了，天天腰酸得直不起来。起初以为是劳累过度引起骨头酸痛，她就尽量地多干些活帮助婆婆，择时赶紧带婆婆去了医院。

一纸肺癌诊断书，如晴天霹雳，打破了原本平静的生活，焦虑不安等各种复杂的情绪阴云笼罩。从医院回来后，全家人几乎都崩溃了，饭桌上谁也没说话，只机械地扒着饭。那一天，没有一个人夹桌上的菜。

多年以后，黄亚娜一直记得那天自己的心情，她觉得天塌了，内心十分煎熬，脑海却一片空白，她盼望着有人来跟她说这是误诊，祈祷着婆婆复检时能排除绝症，但结果并未如自己想象！

王家粿铺关了半个多月，一直没开张，熟客每每跑空后就会发出一声惋惜长叹："可惜啊，以后再也买不到好吃的咸粿了。"

那时候，村里人都说，王家的粿铺可惜了，再也开不起来了。

3 /

未来何去何从，黄亚娜陷入迷茫。全家人的生计靠的是咸粿摊，而做粿的活历来以婆婆为主，公公只会绞米浆，对于绞浆前后的工序他一概不知，老公也通常只是打下手，最核心的合浆他也是一问三不知。

"生活有时也不能计划太多，无措时，也就只好一步步先做好眼前的事。"黄亚娜安定下来悉心照顾婆婆，见老人家胃口差，就每天三餐炖汤品，一口一口喂。她觉得婆婆对自己不错，现在她生病了，自己有责任去照顾她老人家。

某一天，在喂汤过程中，婆婆忽然说："亚娜，你这段时间太辛苦了，一直在忙着照顾我。我这个病自己知道，过一天算一天的。现在最重要的是，咱们家的粿要继续做下去。"婆婆的意思黄亚娜清楚，但她很是担心，自己根本没有做过粿类，平常只是在旁边看着，也没真正亲自动手，她担心自己无法胜任。但婆婆的身体一天不如一天，如果不赶紧学，接下来真的没机会了。

一夜辗转，黄亚娜决定试试。

第一次做咸粿，她凌晨4点起床，按照婆婆的步骤，洗米、浸米、磨米浆、磨海蛎、炒肉等，均由她一个人包揽。搅拌好的粿浆一拿出来，她就要用一个木棍在粿浆里划上几道，然后再用铲子抹平，让粿浆中的空气跑出来。她手忙脚乱，却充满期待。

但，全部流程悉数完成时，结果却非常失败——做出来的粿坯太软了，根本不成形，一刀下去全部散开，碎成了渣渣。婆婆安慰她说万事开头难，做不成功也没关系，就留下来自己家人吃。可是，刚塞了一个到嘴里，却发现咸得根本没法下嘴。原来，自己忽略了海蛎本身的咸味。

经过一次次的调配，咸粿终于达到了咸甜适中的口感，而合浆时的水分控制，还是非常需要考验对比度。在接下来很长一段时间里，黄亚娜做的粿不是太软就是太硬，口感度为零。

那是黄亚娜的一段灰暗时间，自我怀疑首先将她拦在了消灭困难的路上，她根本不相信自己可以坚持下去把王家粿铺继续做好。

可是，暗夜里静下来时，看着一双可爱的儿女，黄亚娜的斗志又会被挑起。婆婆说，传统手艺的学习别无他法，就是一遍遍去尝试，错了也没关系，错了再做，错多了自然就会了。

黄亚娜于是把大直径的蒸箱换下，买了几个小的蒸粿盒，这样在试做时就可以毫无压力，得心应手去尝试。小面积的尝试给她带来惊喜，也带来了成就感。一遍遍用心深入尝试后，她发现自己原来是可以做到的。

那是一段辛苦到极点的日子！每天，黄亚娜操持家务，养护两个孩子，照顾着婆婆，三餐炖汤，四次熬药，分身乏术。却还是坚持半夜起床，合浆，蒸粿，做粿，切粿，卖粿，一专多能，件件不落。媳妇的辛苦，婆婆看在眼里，她撑着起来，坐在摇椅上，监看黄亚娜的做粿过程。媳妇学得认真，婆婆教得仔细，在生命的最后阶段，婆婆很感念亚娜让家传的手艺能得以传承，不管是照顾的孝心，还是学艺的耐心，都让婆婆感到欣慰。

2018年3月，婆婆与世长辞，走时她很放心。因为，这个时候，她的儿媳已经全部掌握了做粿的技术，完全可以独当一面了。

4 /

等到黄亚娜多番试验后做出第一锅成功的咸粿时，天气已经入秋逐渐转凉，王家的粿作坊内再一次热火朝天起来，大家又开始各司其职，有的在搬铁桶，有的在倒粿浆，有的在清洗铁桶……手上的辛苦并不是真的苦，一个人能够为一件事去琢磨去坚持，也会带来正念的欣喜。手法娴熟的巧手匠人，承继祖法手艺，恰到好处的水与米，恰到好处的配料，还有恰到好处的搅浆的力度，使得每一块咸粿都兼具颜值与味道，棱角有形，口感丰满。

黄亚娜在掌握了咸粿的传统核心技术后，又开始进一步琢磨。她首先在用料上做改变，把黏稠的新米改换为库存了一年半载的粳米，使其在凝结成形时有更适中的软硬度；搅拌粿浆时她拿大铁铲不断翻动，将所有气泡全部释放出。虽然这样需要耗费更多人力，更容易导致手酸劳累，但米浆经过充分翻动后，将更加弹牙有嚼劲。

点点用心，步步琢磨，王家的咸粿味道做得比原来更好，赢得老顾客们的惊叹及啧啧称赞。黄亚娜也极感恩乡人的捧场，每逢年节，她将自家的作坊开放，让村民自由前来绞浆做粿。她大方而不拘于小节的性格，以及吃苦耐劳重振家声的精神，收获了一批新粉丝。厦门漳州等下属县市也慕名而来，通过微信电话等方式订粿，有时寄顺丰有时寄快车，当天内就能品尝到黄亚娜的手工传统美味，十分快意。

技艺

1. 备料

王家粿铺的料总是备得很仔细，肉选择肥瘦搭配的梅花肉或五花肉，切成条状，热锅炒肉备用；油葱要紧密新鲜，手工切片，热油炸香；刚开的海蛎，放水里漂净，使碎壳沙粒沉底后捞起。

2. 碾浆

选用放置一年半载的粳米，纯净水淘洗数遍后，浸米四五个小时。倒入机器碾米浆，海蛎和米一起下去碾，按照一定的比例，磨得越细越好。

3. 合料

将炒过的肉与炸香的油葱混合在米浆里，来回翻动，充分搅拌。这个步骤是保证咸粿软硬适中的关键，水多，则口感过软，煎制时无法成块；水少，则粿食偏硬，吃起来如咬石，不够弹。

4. 蒸粿

所有配料充分混合后，需要手劲大的人抬起，一举放入蒸笼，不能有过多的晃动，以免影响咸粿的平整成形。热火蒸粿时，务必注意时间，约三个小时即可起锅。火候不够或太过，也会影响粿食的成形和口感。

5. 切块

咸粿起锅后，要马上掀盖，以免水蒸气滴入，引起局部绵软。而后静置三四小时，待粿释温后冷却，越冷则成形越好。通常一蒸笼可以切成四大块，用铁盘或簸箕装，更利于成形好看。

人未老，粿飘香

时光更迭，岁月变迁，许多挑战舌尖的中国味道，正在一点点远离我们的味蕾。在黄亚娜身上，我们看到了手艺人对于传统制作工艺的坚守，以及为学艺吃苦耐劳的笃定与心静。这是她别于常人的表征。

而在一众做粿的村人当中，黄亚娜也是最年轻的一个。生于1985年的她，做粿生涯已经超过了10年，可以称得上是这门老手艺中的师傅级人物了。

很多人说黄亚娜太能吃苦了，现在的大部分年轻人致力于追求更时尚的工作和生活，闽南做粿的手艺，十有八九都不会。曾是娇娇女的她，在娘家时并未涉及这门技艺，而后的熟稔和逆袭，委实让人意外。谈及此，黄亚娜说："一家二三十年的店了，坚持下来真的很不容易。可能外人只看到表面的风光，但其中的艰辛只有自己知道。"

黄亚娜做粿讲究精工细做，并擅长抓住细微处体现出粿的颜值。在家传咸粿之外，黄亚娜又挑战了粿类中的"白饭桃""寿桃""红龟粿""鼠麹粿"等，她坚持粳米磨粉前先用清水浸隔夜，使其口感更加嫩滑；"鼠麹粿"用粿印印出来后，还要选用干竹叶、干荷叶或干芭蕉叶垫底，只为取其自然风味，散发植物天然的芳香气息。

她做的粿，米至少要筛两遍，越细腻越好，蒸炊时，还要很刻意去注意把握时间以及添水的度。"闽南话说'无工做细粿'，我觉得那说的就是我，再怎么忙，我都会尽力把粿做好。同时，我也觉得不管做什么事，只要用心做，都能够做好，不是时间的问题，也不在于事多事少，是有没有心。"黄亚娜如是说。

从反感到热爱，从"菜鸟"到师傅，黄亚娜用了10年时间。这中间走过的心路历程，她并不愿多回想，如今说起也只是云淡风轻。"人被逼到一定程度时，潜能会迸发，自我会调整，生活嘛，就是磨砺你的过程。没办法的时候，就会不断地去努力去尝试。"她说这些话时，手上还在不停忙着，脸色微微泛红，眼里闪着诚挚而执拗的光。她说自己不知道下一代是否还愿意扛起家庭的传统技术，但她本人会一直做下去，直到自己再也做不动的那天。

这不仅为了家庭的生计，更多是手艺人对于传统制作工艺的坚守。

陈亚粿

闽南吹糖人制作者。

陈亚粿：最后的"吹糖人"制作者

　　九龙江畔，漳州平原，因种植大量甘蔗、小麦等，制糖工艺十分成熟。少时，在闽南的小镇上，常见走街串巷的"吹糖人"师傅的身影。挑一副小巧担子，一头是加热用的炉具，一头是糖料与模具，加热后的麦芽糖发出香甜的味道，所到之处，分外诱人。这在七八十年代的人的脑海里，都曾留下深刻记忆。

　　然而，随着社会发展得越来越多元，年轻人求新求变，难以静心去钻研传统手艺，"吹糖人"这门技艺在民间濒临失传，只有少数几位老艺人，还在苦苦坚持。

1 /

陈亚粿的手艺是家传。作为"陈氏吹糖人"的第三代传人，陈亚粿从小就跟吹糖人结下了缘分。她的父亲靠这门手艺养家糊口，走南闯北，以一个小摊子养活了一大家子人。孩提时，陈亚粿最喜欢等在灶边看父亲熬糖，父亲懂得孩子的心，会弄一些脆糖渣和边角糖给孩子们吃。在当时，糖是很珍贵和稀缺的东西，陈亚粿爱着糖的甜蜜，一门心思缠着父亲要学习吹糖人。她没有读多少书，只有一腔热血和勤劳肯干的性子。当然，学做糖人也没什么书上技艺可学，全凭父亲言传身教。知识记在心里，技术练在手上，父亲教得很认真，耳提面命，手把手教导；学的人也很机灵，陈亚粿对每一个动作从生疏到熟稔，很快便心领神会。

陈亚粿边帮父亲做生意，边从中学会了吹糖人的一整套手艺。那时候年轻，做什么都快，学什么都简单，她乐此不疲，全心全意。

然而吹糖人这项技艺，可谓靠天吃饭，很受制于温度的变化，天气太热，糖稀容量融化，一年四季，只能做两季，春天与冬天才能做成，其余半年基本都是停滞状态。陈亚粿结婚成家后，家里孩子较多，嗷嗷待哺，她不得不想办法另寻出路。

1958年，刚好有一个机会，陈亚粿便走进工厂当了一名工人。

2 /

1989年，陈亚粿所在的工厂体制改革，她办理了内退。

这个时候，陈亚粿已经50岁。青春年华是一场旧梦，关于甜的记忆却一直在脑海中盘旋。忙碌惯了的她，一停下来就心神不宁，只好频繁整理家务排遣无聊。某一日，她在收拾里屋时，竟翻找出了父亲当年留下的一系列吹糖人工具。时间已经过去了30多年，工具却保存得极妥帖——小鼎，竹棒，各种各样的石膏模具。

陈亚粿坐在堂屋里，一遍遍拂拭表面的蒙尘，那些久远的往事，跨越累累时光，却清晰得仿佛就在昨日。昏黄的灯光下，老石码的寻常街头，父亲在熬糖，他手不停歇地搅着，既怕太硬也怕太软。糖的甜香，慢慢弥漫开来，馋嘴而鼻灵的孩子们最先围上来，福寿街欢腾起来，父亲的小摊前围满了小淘气，小小的陈亚粿扎着两束麻花辫，稚气的小脸绷得紧紧的，她每做出一个糖人，就骄傲地插在旁边的小孔里，引发同龄人一连声羡慕的赞誉。

有些时光，长满记忆的注脚，让一个人在两鬓微白时回看，仍忍不住心向往之。52岁的陈亚粿决定重拾老手艺，继续父亲30多年前的营生。老行当的操作程序一切如故，陈亚粿驾轻就熟。她选择在离福寿街不远的中山亭公园重新开张，老地方，老手艺，陈亚粿觉得自己仿佛走回了当年的时光，重新捡拾记忆中熟悉的老味道。

3 /

但是，现在的孩子们早已不知何为"吹糖人"，他们路过陈亚粿的糖人小摊前，出于好奇，会停下来看一眼成品"糖人"，但往往停留片刻，就又扭头走开。比起现代玩具来，糖人难免显得粗糙，个中好玩，他们并不能领略。

陈亚粿开始钻研糖人的互动性。以前的吹糖人，通常由父亲吹出造型，才递给小孩子，而她，想让每个小孩子都亲自吹出糖人。于是，陈亚粿开始研究新颖造型及技艺教授，会做跟会教，肯定是两回事。她在家中找自家的孙儿拉练，怎么捏，怎么吹，如何控制气息和力度。但一系列的技艺弄下来，实在太烦琐，孙儿耐心不够，并不愿意配合。推己及人，别的孩子必然也是如此，陈亚粿又再次研究缩减步骤，只让小孩儿们参与最后的核心动作，也就是"吹"的这一步骤。手把手地教授，让新新少年们既看到全程，有了参与感，同时又培养他们的动手能力。当一个个生动活泼的造型在自己的努力下出现，一下子就挑动了孩子们的新奇感和成就感。这是和现成工业化玩具完全不一样的感受，这是传统老手艺的独特魅力，无形中也起到了传承的作用。

除了吹糖人，陈亚粿还让孩子们剪锁匙。她用麦芽糖压成薄片，上面印制着一把把小锁匙，然后让小朋友用手掰或剪刀剪下多余的部分，若能剪出完整的锁匙就再赠送一个糖人，或再赢得一次剪锁匙的机会，别有一番趣味。对一些年纪较小的婴儿，不会吹、也不会做的小孩子，陈亚粿也会吹上一束棉花糖，让他们尝尝甜的味道。

　　陈亚粿的吹糖人小摊，越来越受到孩子和家长的青睐。节假日里，孩子们拉着爸爸、妈妈、爷爷、奶奶直往中山公园奔，嚷着要找阿祖吹糖人。重操旧业的30多年间，有许多小伙子、大姑娘，虽已上大学或参加工作甚至结婚生孩子了，每逢节假日回乡，还是忘不了小时候的吹糖人，只要回龙海，他们定会抽出时间到中山公园走走，买上一个糖人，回味一下童年的时光。在他们当中，有不少连续三代光顾过陈亚粿的吹糖人摊。

　　陈亚粿不仅做糖人，还给孩子们讲故事。每一个糖人的形象，都有对应的朝代，自己的性格，她以物溯源，深入了故事的方方面面，这无疑更是一种接地气的文化熏陶。孩子们坐在小摊前，等着糖人，也等着故事，孩子们阿祖长、阿祖短叫个不停，欢乐雀跃。此情此景，让孩子们的爸妈情不自禁地拿起手机留下精彩瞬间……有的还洗成相片，装进精致镜框，送给阿祖做纪念。陈亚粿十分开心，她更加用心精进着吹糖人的手艺，希望带给孩子们更多的快乐，让他们从游戏中抬起头，多看看周边的事物，多了解父母小时候玩过的东西。

5 /

陈亚粿吹糖人民间工艺，曾经受到有关部门的重视，收入了龙海宣传部、龙海美术家协会出版的《小城春秋》。在漳州、石码、厦门一带，不少商家、房地产商都曾约请她参加有关开业、招商及庆典等活动。外地来的朋友，路过石码镇区中山亭时也会好奇地停下脚步围观，兴致勃勃观看吹糖人手艺及表演，临走还要买上几个有包装的糖人带回家让孩子玩。2014年10月，陈亚粿的作品"糖人"被福建省妇联评为"最具人气奖"。

但是，廉颇已老，如今漳州石码一带，懂得吹糖人工艺的人已寥寥无几，陈亚粿80多岁了，她的家族内并无人承其衣钵。曾经有人来向陈亚粿求艺，学不了多久，觉得辛苦又半途放弃。陈亚粿的孩子们各有各的工作，他们不愿意也不可能来继承这门手艺。几年前，陈亚粿曾动员自己的两个外甥女来学吹糖人，但如今两个外甥女也都有工作了，叫她们来继承恐怕也没有希望。

1. 用纯正的糯米熬糖，加入小部分麦芽糖，不能熬得太软，也不能太硬。熬好后，取适量放在鼎内加热，必须煮得又热又黏又稠。

2. 准备一个小布袋，内装磨碎的糯米粉，袋口用棉线绑紧。布料要选择纹路适中的，既要便于米粉析出，但又不能析出太多。

3. 用小木棍在热锅中挑起一小块糖，用糯米粉拍两下，避免沾水，再用手指给麦糖丸钻出个洞来。此时，糖的热度很高，速度和动作要求轻巧、迅捷，不然就会粘住，一旦粘上，手的皮肤就会起泡。

4. 放入模具中，洞口合拢拉出一条细管，或用吸管戳进来，把细管含在口中，边吹边转着圈。此时最要掌握力度，用力过猛，容易吹破，力度不足，则难以成形。

5. 吹气糖丸像小气球渐渐鼓起来时，双手经捏、拉、拽、扯等一系列动作，方可制作出小朋友们心仪的各类造型。惟妙惟肖的人物或动物，立等可取。

守护一抹甜

周末，一大早从厦门出发，赶至漳州市龙海区石码镇时，城市还未醒来。锦江影剧院门口的中山亭，陈亚粿的摊点前已经围满了孩子，早起的大人带小朋友们奔赴各种各样的兴趣班和补习课前，不忘驻足吹糖人摊，让他们品尝一抹甜，为繁重的学业来上一点小小的缓冲。

一个无盖的木箱子，反扣在地面，厚重而稳当。箱底上放置一个小小的烘炉，炉内炭火仅一两块，微微泛红。火不能太大，也不能太小，热度的控制，全靠经验。烘炉下面，存放着满满一箱木炭，看着炭火将灭未灭时，就得适时地添上一二。烘炉上，放着一把特制的手鼎，鼎盖为半圆形，上面钻有许多小孔，用来插各种糖制品。另一半留空，作为操作空间。四周摆几只小板凳。老奶奶正中坐，小娃娃四周围。这就是陈亚粿吹糖人工艺制作小工场的全部家当。孩子们尚睡眼惺忪，却笑得灿若春花。陈亚粿给孩子们见缝插针讲故事，小孩子听得哈哈大笑，兴起时，还会自来熟地挪过来，倚靠在阿祖身边。

80多岁的陈亚粿并没有读过什么书，但经常跟孩子们在一起，她无师自通学会了普通话，虽然讲得不标准，但也恰因为不标准，逗得娃娃们哈哈直笑。许是因常和小朋友相处的缘故，陈亚粿言谈举止乐观幽默，拥有一颗难得的童心。

除原来向老父亲学习的手艺，她还自己琢磨出了许多新造型。摊点上的兔子、猴子、公鸡、剪刀、哨子、茶壶，都是靠她自己想象创造出来的。偶尔有小朋友要求捏个新造型，陈亚粿也会带着孩子，研究上好一会儿，她满足了孩子的求知欲望与内在需求，至于像与不像，好像也并不重要了。

日头渐朗，中山亭上的人渐渐多了起来。与陈亚粿熟识的人看到采访，悉数围拢过来，他们与老人家打趣，用闽南话开着玩笑，并鼓励着陈亚粿继续将吹糖人的手艺坚持下去，说起从小玩到大的手艺极有可能消亡，大家的表情难免有些沮丧。

陈亚粿的老伴坐在不远处的石凳上喝茶，笑眯眯地望向老伴的小摊，不凑近，也不走远，就这样坐着，从早到晚，直至收摊。晨光熹微，照着二位老人的银发，有相濡以沫的况味。耄耋之年的老夫妻，其实并不在乎摆摊赚钱，他俩都是国企单位的退休职工，两个人都有退休金，生活无虞，也有子女关照。但陈亚粿说，出来摆摆摊，她很开心，跟孩子们在一起，感觉自己都变年轻了。她对生活并无太多奢求，只求快乐度晚年，更希望自己的这点手艺能够有人来传承，能够一代又一代维系下去，让孩子们的嘴角永留一抹别样的甜。

李敢

闽南芋头粿制作者。

闽南芋头粿制作技艺

李敢：做久就有名

　　闽南传统节日多，过节除了大鱼大肉外，还必不可少地需要各种粿。闽南之粿品种很多，大类有甜粿和咸粿，甜粿分发粿、龟粿，咸粿则有芋头粿、南瓜粿和菜头粿，其中，又以芋头粿为最普遍最受欢迎，它特有的芋头香、肉香、虾米香等各种咸香滋味，最令食客垂涎，拥有极多粉丝。

1 /

1981年，李敢从南安嫁到灌口。那年，她24虚岁，在当时的年代，已经是大龄青年。由于身材矮小，李敢迟迟没有结婚，直至媒人介绍了灌口的王万胜。

王万胜是个孤儿，家里很穷。两个人结婚后，种薄田几亩，一年到头辛苦而没有多大收获，李敢只能出去兼着卖豆浆和油条贴补家用。

1982年，她生了第一个孩子，是个女儿。家里开支骤然增多，听说卖水果赚钱多，她便去贩了些水果来，抱着孩子兴冲冲就上路了。她把孩子挑在担子上，挑着在灌口旧街上沿途叫卖，每日赚取几块钱。儿子出世后，两个孩子都需要人手照顾，丈夫要养牛种田，也没办法搭手，李敢把两个孩子都带上，大的睡在挑笼里，小的背在肩膀上，肩挑手扛继续去做生意。

一个女人又要照顾娃又要做买卖，其中辛苦自不待言，李敢常常边卖东西边给几个月的小儿子喂奶，还得腾出手哄不到2岁的女儿，客人多时，就把女儿用根绳子拴在扁担上，以防走远跑丢。如果碰到两个孩子都吵觉，那就是李敢最愁的时候，挑笼太小，两个孩子没办法一起睡，只能先哄睡一个放进去，把另一个放手上继续哄。有一回午后，两个孩子都要睡觉了，正好有客人来买水果，李敢只能一前一后背着俩娃，前胸和后背两面受力，李敢只能直立着，孩子也不舒服，委屈得哭声震天，把整条街的人都吸引了出来，连续几次这样，生意也做不下去了。

2 /

女儿一岁多的时候，村里实行分田到户，李敢家也分了一些田。她说服丈夫，不仅种自己分得的田，还把外出打工人家的田也承包过来一起种，一年给人家400斤稻谷，再扣除征购粮后，尚有一些盈余。夫妻俩承包了十几亩地，兼养鸡养牛养猪种蘑菇等，每天5点多起床，凌晨一两点才睡，从早到晚忙碌，李敢常打趣自己一天见两回星星。

日子虽苦，但李敢很知足，种田是自己家的活计，1斤米能赚3角，比起原来工分一天2角，已经好了许多。可是，自小是孤儿的丈夫，脾气十分暴躁，做工辛苦，回家往往迁怒，不是生气地骂人，就是发脾气打孩子。李敢常常好言相劝，哄着丈夫，又是摆事实又是讲道理。从那时，她就一直暗自琢磨，如果不种田，能做点什么轻松的生意呢？

孩子五六岁时，家里的旧厝已经很破，下雨时到处滴水，不仅人没法住，连稻谷都要用砖头垫离地面，高摆起来，再用塑料布盖在上面。否则下面会淹水，上面会漏雨，苦不堪言。李敢把压箱底的钱全部拿了出来，卖水果赚的，卖蘑菇剩的，卖米和家禽存下的，算算也攒了一千多块。她拿着这些钱去村里"请厝地"，要求村里批一块地给他们建房子，相关村干部连连摆手说："你们家太穷了，如果批给你们，你们又盖不起来，那这样就影响了整体的规划。"李敢当即下了保证，保证全家人会努力赚钱来盖房子。几番请求，村领导才勉强同意，嘱咐她一年内得先盖好一层，不然地基会被收回。

3 /

为了多赚钱盖房子，李敢又开始计划做生意。但是做生意大多需要本钱，家里并没有太多盈余。她思来想去，决定做芋头粿出去卖。闽南节日多，初一、十五，初二、十六，各种年节，祭祖拜神，都需要用到芋头粿。虽然闽南的家庭妇女也大多会做，但是做芋头粿工序复杂，有的人懒得做，有的人没空做，自然就产生了购买的需求。李敢觉得，这对于自己来说，是个商机，她在娘家时就是做粿好手，嫁到灌口后，虽然芋头粿做法略有不同，配料有所区别，但做的工序其实都差不多，她相信自己可以胜任。

真正开始做时，才发现家常的"会做"，仅仅是做一份小小的、面相一般、没有太多要求的普通自用款，对于要拿出去摆到台面上卖给顾客，那还差得远。李敢并不纠结这些，想到就去做，做了才知道有不足，有不足再慢慢修正，这是她的做事习惯和处世哲学。起初，她先做了一小笼用于试水，总量不多，相对也没有什么销售压力，第二天去菜市场摆摊时，很快就卖完了。首战告捷，李敢信心大增，第二天在原有基础上增加了一些量，同样卖得精光。接下来一周，她都是这样，边做边试验，技术虽不稳定，外观有时也不太好看，但有做就有收获，李敢芋头粿铺就这样开了张。

李敢的丈夫骑自行车到处卖芋头粿，集美区内的东孚、前场、大岭，都去过。他们两个人兵分两路，一个人在菜市场固定地方卖，一个去乡下走动叫卖，量很快就增大了起来。传统蒸笼显然已经不够用了，儿子给李敢买回了一个电蒸箱，插电进行蒸制，速度得到提升。但蒸箱不同于蒸锅，李敢掌握不了水分的配比，只得将调料和米浆配好后，先分成几等份，一份一份慢慢地试，蒸到软硬适中后，才记下配比，出锅上架。

4 /

刚刚学做芋头粿时，也过了一段辛苦的日子。李敢常常午夜12点就起床做准备工作，起初没有碾米机，还得先用石磨磨米，一勺勺放，一点点磨米浆。切肉，炒制，炸油葱，搓芋头，再混炒后放入米浆中，最后再蒸。忙了一夜，做好时天已擦亮，李敢的丈夫骑上自行车开始三里五乡去叫卖。李敢开始弄孩子们的早餐，让他们都吃完，尽早送去读书，自己须臾未歇，抓紧扛起农具到田里继续干活。

一儿一女两个孩子渐渐长大，他们从小在芋头粿的香气中长大，自然也很会做粿，手艺了得。小的时候，姐弟俩去上学前都要先帮忙到市场摆摊，卖到七点半再去读书，长大后他们继承李敢的衣钵都在家帮忙做芋头粿，一家人手脚都很麻利，两个孩子也孝顺听话，一家人其乐融融。

闽南的节日多，过年正月团圆节，初九拜天公，八月十五月当圆，七月半要过普渡节……每到此时，就有许多人来订购，蒸箱一次五六屉，数量可根据订购量随时调整。市场的摊位每天开张，零售的数量心里有数，但如碰上订购，则要全家人齐上阵。家里的两对年轻人都会做芋头粿，也都会调配料，无须请外援，从源头上保证了质量和口味的稳定。

5 /

赚钱虽然辛苦，家里也不太宽裕，但李敢一直坚持用品质最好的原材料，从来不随便添加，也不用不新鲜的食材。李敢芋头粿，多年来坚持用"六月米"，刚开始是自家种植，后来就专门交代平和山里的人载来，新鲜的大米有浓郁的香气，这样做出来的米才会弹牙有嚼劲。配料一定要新鲜，每天都要交代熟悉的肉铺，留当天宰杀的"大只""好料"的新鲜猪肉，10斤米要配八九斤肉，"料草"很足（闽南话，意为配料很多）。芋头采用当地有名的仙景芋，洋葱也要当季饱满新鲜的货，调味的鸡精亦都买品牌货。此外再不放任何添加剂、保鲜剂等化学物质。李敢常常对儿女讲，我们做吃的东西，一定要凭良心做，凭实力赚，自己敢吃的才能卖给别人。健康最重要，一定要安全才可以。

在灌口菜市场，李敢芋头粿有很多老主顾，他们除了逢年过节要拜拜外，平时也经常买芋头粿回去干煎当小食。有位主妇跟李敢说："为什么你们的芋头粿这么好吃？你能把做法教教我吗，我想回去做给小朋友吃。"李敢很热情地一五一十把做法讲解了一遍，葱头切好，用油炸，芋头磨好，虾米放一把下去，咸淡适宜，五香粉也适量放一些。李敢还贴心地交代，水如果不会配量，可以用秤称，1斤米3两水，米洗好称重，料搅好下去蒸，这样就可以了。主妇喜滋滋地抄在本子上回去依葫芦画瓢，但过几日她来反馈战果，还把手机拍摄照片给李敢看，除了卖相相去甚远外，据说口味也很不一样，煎出来全部碎成了渣渣。主妇笑着嗔怪李敢没有放大招，李敢不知道如何解释，她做芋头粿好几十年了，很多时候是凭感觉和经验行事，把一整桶的米浆和配料都搅好调好，如同《卖油翁》里所说，无他，唯手熟尔。但这样的"手熟"，就是老手艺的关键表征，老手艺代表的是经验，长久的积淀，以及天长日久的习惯。它没办法像机器那么精确，但也更多了手动添加的人情与温暖。

如今，李敢的身份IP是卖芋头粿的阿嬷，很多老主顾如果几天没看到她来菜市场，就要问她："做粿的老师傅，为啥最近都没见到你，都是你儿媳妇在摆摊。"有一回，李敢感冒了，去集美医院抓药，医生抬头看到她，忽然问："您今天没卖芋头粿呀？"得知她生病后，又说："可能是菜市场的风太大了，您下次可以在摊口稍微做点遮挡。"更神奇的是，李敢有时坐公交车到东孚，到同安，都能被顾客认出来。

正是这样的彼此熟稔以及信任，让李敢坚持做下去。

有一年，猪肉极贵，家里其他产品销量亦可。有人建议李敢，要不干脆先把芋头粿停卖一段时间，省得成本这么高，没什么赚头，还要全家人忙得团团转。李敢说什么也不同意，她认为生意是长期的，没赚头也要做。如果肉一贵就不做，以后人家就不来了。有时赚，有时不能赚，这是做生意的寻常事。宁可不赚钱，也要保持芋头粿的出品和售卖，因为来买的都是老顾客，来了买不到，就叫人失望。李敢说，少赚点没事，让人失望总是不好的。

1. 精选当季六月的新米为原料，一定不能用太陈的米，容易有腐味，且做出来不筋道，没嚼劲，口感较差。

2. 浸米，用矿泉水或纯净水浸泡约三个钟头，一定要浸透，看到米略膨胀，变大变白，方可将水沥干，用石磨或机台碾米，弄成米浆。

3. 选择新鲜饱满的葱头，去头部根须及外膜，清除杂质，切成均匀薄片。油锅同时加热，倒入葱头，小火炸至金黄飘香之后，随即盛起。

4. 三层肉洗净，先用水煮一遍，再切成小丁。锅里放少许油，炒汆过水的肉丁，同时放油葱头一起下去炒。大约15分钟，炒到肉油微微逼出来，加入味精、盐巴即成。

5. 仙景芋洗净，刨皮，用礤丝板磨成细条碎。再放入葱头，掺进去炒。大约也是15分钟，芋头香气飘出，即可盛起。

6. 油温七成热，将新鲜淡干虾皮适量一把放进去，小火微微炸香，盛起沥油。

7. 将多种炒制过的半熟的材料放到米浆内，充分搅拌，使其充分混合在一起。上蒸笼蒸约三小时，起锅倒扣，放凉。

8. 放凉后的芋头粿硬且筋道，要多少切多少，量多量少随意。可以切稍厚的片，要吃时再上锅蒸热；也可以下油锅炸至外焦里嫩，蘸一点番茄酱佐味；亦可用微波炉或烤箱。不同的做法有不同的风味。

李敢很勇敢

初次见到李敢阿嬷，我颇有些惊讶。她身材矮小，看起来很瘦弱，拎起满满一桶米浆，却毫不费劲，直接从门内跨过门槛，走至门外，又拎在手上走了一段，放到蒸箱及炒锅前。见她切原料，下油炒，动作麻利，十分轻巧。简陋的工作环境，老人家收拾得还算整齐，她自己戴着头帽、口罩，围着围裙，看起来是个专业而又极熟稔的老师傅。

面对面坐下来，发现李敢阿嬷的手十分粗糙，轧结的青筋，像老树的外皮，年岁沧桑。一聊才知道，李敢阿嬷这一生果然在苦水中流转。那个年代，虽然大部分人都不富裕，但李敢阿嬷家尤甚，家里有四本残疾证，先天的劣势，使得家里没办法有更多就业和创富的选择。和别的家庭比起来，也更容易失志和气馁。但李敢阿嬷从不被生活的困难打倒，她勇敢地挑起了家庭的重担，一个人不管不顾往前冲，遇到困难摆摆手一笑而过，挫折到来时也就是哭一场，明天还要继续往前走。劳动致富，勤能补拙，她自己这样做，也带着全家人一起奋斗，靠着自己的双手奔小康，终于过上了幸福滋润的生活。

李敢，是勇敢也是果敢，她的名字就是她的性格，敢想敢做敢担当。选择了便不后悔，一条路能走到黑，性子里的执拗，有时往往更能成就家业。

芋头粿是她艰难中的拐棍、低谷中的希望，芋头粿陪着她和她的一家，相互依存，从困顿向光明，慢慢过上滋润的小日子。而她对它，用心用情，竭尽所能用最好的材料，从不愿意偷工减料。当日子过得越来越好，芋头粿已不仅仅是谋生的手段，而是她心里的一种牵挂和象征，象征希望，象征美好。

采访中，李敢阿嬷一直说，现在的政府太好了，以前怎么也想不到形势会变得这么好。前几年，丈夫生病时扶贫办的人常来探望，送慰问品。阿嬷说什么也不收，她对来人说："不要买水果来，包装的水果很贵。我现在有社保退休金，这辈子很满意了。"

说及此，她的眼角又泛起了泪花。

肖淑萍

跳鼓舞省级代表性传承人。

闽南跳鼓舞传承技艺

肖淑萍：我为鼓舞狂

跳鼓舞，鲜为人知而又细腻好看的闽南民间舞蹈之一。20世纪50年代，闽南著名民间舞蹈家尤金满先生在"泉州仙塘跳鼓"的基础上提炼出双人跳鼓舞，也叫旋鼓舞。男女双人配合，一人持扁鼓，一人持鼓槌，在各种"旋鼓""捧鼓""击鼓"动作中相互对打逗乐，动作轻快活泼、有趣。

然而由于"闽南跳鼓舞"较小众，也缺少系统的教材和资料，故而会跳的人极少。目前据知省内仅有两位传承人，肖淑萍是其中一位。

肖淑萍，厦门市第四批非物质文化遗产项目"闽南跳鼓舞"代表性传承人。她创作的舞蹈作品在全国、华东地区、福建省等各级各类比赛中获过大奖，特别是在闽南民间舞蹈的教学、创作研究方面，深入挖掘闽南民间舞蹈资料，认真探索闽南民间舞蹈教学法，为闽南民间舞蹈的传承与教授，做出了极大的贡献。

肖淑萍从小是个美人坯子。标致秀美的五官，柔软苗条的身段，走在路上回头率极高。学校里，只要有表演，必然少不了她。小学毕业那年，她参加了厦门市艺校的招生考试，一举被相中。一直器重她的数学老师却很是反对："跳舞是吃青春饭，你学业这么好，应该好好读初中，上高中，将来考上大学，那才是一件改变命运的大事。"老师的话让父母产生了犹豫，但小淑萍最终还是坚定了自己的选择——热爱舞蹈，与舞相伴。

1978年，12岁的肖淑萍进了艺校，开始自己的舞蹈生涯。艺校对练功抓得很严，六点钟练早功，吃饭后上午四节舞蹈课，早上文化课，晚上再练功。第一关"练软度"，压腿下腰时，学生躺在地上，两三个老师抓手抓腿，重重地一压下去，肖淑萍的眼泪就掉出来了。父母有一次去时正好看到练功，心疼孩子受罪，几次想带回去。但肖淑萍很执着，她想，既然来了，就要学出个样子，哭归哭，该练还是要练。

厦门艺校三年学习期满，肖淑萍又去福州进修了三年，直至1984年毕业，被分配到当时的开元区少年宫。恰在这时，民间老艺人尤金满老师也来到少年宫任顾问，他从小在安海、泉州一带表演，擅长闽南民间舞蹈。领导让肖淑萍先跟尤老师学舞蹈，然后再将学到的内容教小朋友。起初，肖淑萍很是抗拒，闽南民间舞蹈的整体风格含蓄、细致、温文尔雅，动作和动作之间区别很小，表现极细腻，但又要求做出轻微的变化和动态。当时，她才18岁，对于舞蹈的认识，还停留在热情奔放上，年轻的心，欣赏不了闽南舞的娴雅与细腻。

2/

有一回，尤金满老师跟肖淑萍聊天，讲起闽南民间舞蹈跳鼓舞的历史。《水浒传》里，梁山好汉卢俊义被官兵所抓，梁山好汉要去劫法场，遂扮成戏班子混入，好汉们跳起了舞，身在法场欲寻机劫人。有些民间老艺人觉得这舞蹈很好看，便一一记录传播开来，这就是跳鼓舞的起源。又有一说，跳鼓舞也传袭了南戏的精华，兼收并蓄，方自成一派。关于跳鼓舞的种种历史，尤老师也只是听自己的师傅口口相传，民间舞蹈没有系统的教材，只能把影像记在脑海里，口传身教，慢慢体会。尤老师同时说："闽南的民间舞蹈不同于四大舞蹈，虽有地方特色，但很少人关注，很少有人主动去记录。我把跳鼓舞慢慢传给你，你传给孩子们，孩子们再传给另外的孩子，那就是一件功德无量的事情。"

那一天，别了尤老师，肖淑萍自己沉思了许久，她觉得自己陡然生出了责任和力量。闽南跳鼓舞柔美的韵律，轻轻地，一记一记，都敲在了心上。

1992年，肖淑萍在尤老师的指导下编了一个节目——闽南民间舞《跳鼓》。由于影像资料和文字记载都特别少，每次编排，都只能由尤金满老师口述，今天回忆多少就说多少，明天回忆起来再说一些。用纸张写一小段一小段的曲子，动作自己设计，两句音乐起，就开始走台步，非常传统的手把手教导，缓慢而扎实。《跳鼓》参赛时，虽然没有拿到大奖，但福建省里的专家评价很高，评委当场盛赞——"这支舞蹈真的才是我们福建自己的特色，它跳出了闽南民间的意趣，一定一定要保护好"。

台上的肖淑萍频频点头，她在那一刻更深刻意识到，闽南这方沃土，藏珍纳宝，传统民间艺人留下的瑰宝，值得好好珍藏。作为闽南舞者，应该好好学习，好好传承，多编创多记录，才能让闽南舞蹈，为更多人所知道、所喜欢。

这之后，肖淑萍完全改变了自己抗拒的心理，她认真地投入，仔细研究尤老师每一个动作，在没有相机和手机的情况下，肖淑萍靠着眼和脑来做记录。她观察到，尤老师做跳鼓舞动作时，也会结合戏曲的矮步、蝶步，韵味表现非常细，仿佛要把内在的情绪彻底表达出来。练习中，有个"走步"，需要带上身体刻意做"顺拐"。这个与平时走路完全相悖的动作，肖淑萍怎么做都做不好，她在现场跟着学，在本子上记录，第一拍往左，身体左倾30度，第二拍往右，右斜30度。回家对着镜子，一遍又一遍练，再三琢磨，练了成百上千次，直至把精髓磨出来，这才罢休。自此，肖淑萍更深入了解了闽南民间舞蹈的兼收并蓄，它和别的舞种不同，有些舞种可先成型，再雕神韵，但跳鼓舞一定要跳出感觉和韵味，才属上品。

边学习边实践，肖淑萍除了学跳鼓舞，也试着编舞。原来作为纯粹舞者，编导编什么，舞者就跳什么。但编舞则要考虑得更多，什么年龄段适合什么手法，要用上什么题材，都非常有讲究。肖淑萍编舞针对性强，会根据不同的年龄进行设计，成人走圆场步显得稳重，小孩走跳跃步增加童真，主要动作不变的情况下，节奏、队形都根据不同的年龄来调整。靠着这样的用心，肖淑萍编排的成品舞蹈都十分好看耐看。

3 /

1994 年，肖淑萍已经编排积累了好几个闽南跳鼓舞节目，与少年宫领导一合计，搞一台"闽南歌舞"晚会的想法一拍即合。但晚会不比单舞，节目的容量需要更多，时间也要更长。歌与舞如何搭配，动与静怎么穿插，都要体现本土化的元素，也要尽量表现出南戏和中原的积淀、海洋文化等。

经过一番裁选，最终，肖淑萍选排了吉祥鼓、五婶婆赶庙会、走雨、戏灯等节目，然后马上投入紧张的排练。这台晚会最后在厦门电视台演播室成功录制，博得社会各界的赞誉，闽南舞蹈的美感与韵味，把观众们深深折服。当闽南童谣"一个孩子的屁股三把火，三个孩子的屁股可以蒸一床粿……"的童声响起时，参与录制的现场观众报以热烈而经久不息的掌声，肖淑萍看着场上前前后后编排了一年多的十数个节目，眼泪不受控制地流了下来。

2013年肖淑萍参加"非遗"市级传承人的评审，现场即兴跳了一段跳鼓舞。看完表演后，一位民俗专家惊讶地说："闽南跳鼓舞太好看了，可是我竟然不知道有这种舞蹈。"

2015年，肖淑萍调到厦门市鼓浪屿街道，离开了心爱的教职岗，和舞蹈拉开了距离。没闲几天，她就自己去鼓浪屿人民小学联系"进校园"活动，免费给学生教跳鼓舞。当时，校内学生大部分是外来务工人员子弟，很多人没学过舞蹈，素质较弱，协调性也差。其他学校一个动作一节课就能教完的内容，在这里需要两到三节课。教了一个月，收效甚微，肖淑萍有点气馁，朋友同事也说她是"自讨苦吃"。但孩子们眼里的光，让她觉得自己不能放弃。这一批孩子虽然学得慢，但积极性很高。"只要愿意学，慢点并没关系。"肖淑萍改变策略，用了很多精力，在教跳鼓舞的同时，也教舞蹈的基本动作，一天一天地坚持。终于在第二年的"非遗"宣传日，孩子们登上鼓浪屿龙头路街心公园的小舞台，面对壮观的大海，欢欣雀跃跳起了跳鼓舞。这批一年级的孩子，男生10个，女生10个，有些后来报考了小白鹭的少年艺校，有些去其他机构学舞蹈。舞蹈的种子，已在孩子们的心里深深播下。

4 /

停不下来的肖淑萍，很快又转战其他小学进行闽南民间舞蹈的教学。2019年，她为东渡小学进行闽南跳鼓舞的教学，起初只是教社团的数十个孩子，学获颇丰。于是，校长提议，将闽南跳鼓舞编成课间操，让全校的孩子都能一起参与。肖淑萍利用一个暑假的时间，先是找音乐，后又剪辑，设计动作等，终于编出了适合所有孩子做的跳鼓舞课间操。她为小朋友们优化了道具，用拍手、转手动作，来达到运动的目的。每天，一千多个孩子齐聚操场，一起认真地做跳鼓舞课间操。青天白日下，那样的场景，壮观而令人感动。

2021年2月，肖淑萍被确认为跳鼓舞省级代表性传承人。

技艺

1. 熟练道具

鼓和鼓棒是"跳鼓舞"必备道具。女生要用大拇指和食指来控制转动鼓面，按照节奏在正面上控制。男生以食指和大拇指为主，其他三指自然握住鼓棒，根据节奏转动或敲鼓面。拿鼓和鼓棒要非常熟练，如同剪纸一样，先熟练后才能开剪。大约需要两节课时间，练手指操，食指和大拇指要不断地练灵活性。

2. 动作分解

首先要练协调性，辅助舞蹈的基本动作训练，压腿、拉伸。先练脚，再练手，一遍遍练得很熟练才能配起来。左脚出，鼓要在右边；右脚出，则鼓在左边。协调性很重要，重点练鼓和动作的协调。

3. 节奏训练

第一轮老师喊节奏，学生跟着跳。第二轮，由学生喊节奏。第三轮放音乐，跟着音乐的节奏舞动。有时一个动作就是一个节奏，有的动作节奏要好几节课才能教会，比如男生的后踢腿就要好几节课。

4. 男女配合

两个人配合很重要，女生转鼓，要把鼓边亮出来给男生敲；并且控制停顿时间，如一二三四，要在四拍的时候停。男生要达到默契，亦须仔细听音，四拍出来时马上敲下去，否则就是没有达到默契。鼓面要朝上、朝前，男生才能下敲。男生要敲鼓沿、中间或旁边，调试敲在哪个位置上声音是最好听的。两个人的距离要不远不近，远了敲不到，近了也敲不了。

5. 雕琢韵味

闽南民间舞蹈很细腻，形似神不似，亦不成气候，这是该舞种的难点所在。对于小孩而言，讲内在的情感他们暂时还理解不了，只能纯粹模仿。而成人有自己的习惯，更难改。因此，在看着老师一遍遍示范时，学生自己也要一遍遍磨。成人学员，要重在体味，可携带小本子稍做记录，回家时在镜前训练，将眼神与动作体态结合起来。

不老女神"痛并快乐着"

采访肖淑萍前，我们互加了微信。翻看她的朋友圈，发现有许多交集，一位共同的朋友在她的动态下评论"女神姐姐总是那么美丽"。

采访那天，她提前在约好的地方等我，中山路钓仔巷小拐，街巷清幽，沿下沉式电梯步入，女神姐姐映入眼帘。古典的斜襟黄色上衣，配米白色裙裤，精致的五官，皮肤紧致，长期跳舞所练就的气质，使得临近耳顺之年的她整个人秀挺明艳。

我惊讶于她已近耳顺之年，她则很习惯地嫣然一笑，显然不是只有我一人这么说。问她是怎么保持身材的，她说天天在上课，一周固定有好几节，都在教课的一线，上课之前要带着孩子们做拉伸，劈叉、腿下叉自己都没问题，腿到哪个位置，也都能给孩子做最标准的示范。年轻时在艺校的基本功，如今依然深记，骨子里的手艺活，学了做了练了，一辈子都忘不了。

跳舞带来体态的美感，和孩子在一起开心快乐，也容易保持年轻心态。这是肖淑萍觉得自己"嫩"于同龄人的原因。但跳舞也并非只带来快乐，每次下社区，进学校，办夏令营，肖淑萍都要一个人背道具去，十余个鼓，一个有两斤多重，两个包，一边背五个，手上再提五个，累不可言。上课时也同样不轻松，十几个孩子鼓棒齐敲，声音很大，老师喊节拍时，更要扯着嗓门，两节课下来，喉咙都会喊哑。碰到调皮的男学生，还得高声叫喊维持秩序，告诉他们"这是道具，不是玩具"。诸如此类，事无巨细，一堂课两个小时下来，累到虚脱。

朋友劝她干脆省掉道具，只教动作，但肖淑萍认为，跳鼓舞以鼓为重，旋鼓又跟平时的鼓完全不一样，必须要亲自感受、体验，才能明白。说到底，她还是希望听课的人首先产生兴趣，再深入了解和学习。

为了做鼓道具，肖淑萍费尽心思，还跑去漳州找师傅。她画了一个很详细的图，尺寸多少，厚度多少，中间需要一根铁线等。服装的缝制和头饰的准备，肖淑萍也是亲力亲为，她买布自己裁剪，缝纽扣绣亮片，都自己摆弄。每每是白天上完课，晚上再带回去缝制。

她还倾心钻研跳鼓舞技法，收集整理相关史料，撰写了《古风犹存 异彩纷呈》跳鼓舞教材，这份教材曾荣获福建省终身教育促进委员会主办的"2016年福建省社区教育优秀教材评选"三等奖。

　　肖淑萍不希望老祖宗传下来的跳鼓舞文化在自己这辈人手上失传。但一个人的力量实在有限，闽南跳鼓舞的传承困境，亦迫在眉睫。肖淑萍用自己的力量，靠着一份情怀，一点一滴，踏实前行。她希望有更多的人来加入，来学习，来为传承一项事业共同努力，并期冀福建传统的跳鼓舞，能为越来越多的人所喜爱，所熟知。

黄建通

闽南杨梅干手工制作者。

闽南杨梅干制作技艺

黄建通：时间的味道

漳州，人文风流之地，瓜果飘香之所。一年四季各式水果不断，八县二区，拥有不少蜜饯种类。长泰的明姜片，云霄的腌枇杷，诏安的酸枣糕，龙海的杨桃干和杨梅干等，均让人垂涎三尺。

漳浦与龙海交界，拥有绵延的海岸线，辖区内多水多山，物产丰富。漳浦刘坑山"猪高兴农场"，黄建通有属于自己的山居故事。

车子在山道上盘旋，渐渐路深林密。山有200多亩，拥有果树10多个种类，2000余株。今年54岁的黄建通是农场的员工，专司杨梅树的种植管理及杨梅干的制作。每年，从春到夏，黄建通料理果树，安排采摘，腌制鲜果，一直要忙到秋季，才能有当季的杨梅干上市，费时费工费精力，每颗杨梅果适口的咸甜酸里，都是时间的味道。

黄建通的家，离刘坑山有15公里，来农场打工前，他住在福建省漳浦县前亭一个叫后蔡的地方，日出而作，日落而息。他读书不多，小学毕业后就开始放羊，20岁时跟村里人出外捕鱼，养紫菜，养海蛎等，向大海讨生活。

2014年，农场向外招工，黄建通和妻子来到了刘坑山，离开浊浪声声的海，入驻安宁静谧的山，黄建通起初很不习惯。山上太静了，静得似乎能听见自己的心跳。蚊子多，一咬一个包，一抓就烂。竟然还有蛇，海边长大的他看到蛇就退避三舍，只得买了把蛇钳带着，既壮胆，也能起到驱赶作用。

由于原来在家里有一些干农活和管理农作物的经验，山上的杨梅树，自然就都由黄建通来管理。一千多棵杨梅树，要全部管理起来可不容易。农场要往无公害和纯生态的方向发展，就意味着漫山遍野的杨梅树，不喷药，不用肥，任其自生自灭。一段时间后，黄建通发现杨梅树果然死掉了很多，他找人请教，才知道杨梅是极需要费心力管理的果树。

要用肥，根部才会发达；要修剪，枝丫才不会干枯。如果完全没有管理，不仅挂不了果，果树也会死掉，这是不争的事实。可如果打药施肥，那就背离了做生态的初衷。

黄建通自己慢慢琢磨，向农人请教，也结合自己原来的种田经验，一边学习管理果树的技术，一边积累有用经验。他用草灰和石灰进行发酵，成肥后施撒以杀菌防虫；又用农家动物粪便和茶麸、花生麸一起发酵后来施肥。这样做，达到了很好的预期效果，而且很环保，省钱又高产。

这样的种植法费时费工，黄建通却不怕辛苦，他做事细致而认真，闲下来后就一遍遍在山上走，实地观察研究。他说，管人管物都一样，任何东西都要观察，知识研究出来后，还得靠经验来不断优化。

2 /

在黄建通的精心照顾下，杨梅得以盛产。但由于没有喷激素药，"猪高兴农场"的杨梅个头偏小偏青红，看上去不够黑，卖相不佳，只有一部分识货的人才会购买。黄建通很发愁，和农场主商量后，便想着做一些加工的产品出来。经过几天的商议，除了杨梅酒、杨梅汁外，他们想到了在当地很盛行的杨梅蜜饯。

本地做杨梅蜜饯的历史十分悠久，乡间鲜少听说过用防腐剂做腌制品，大家都是利用食材和调料寻找腌制品的口味和稳定性。黄建通找邻人学习，听取前人的经验。首先要将杨梅洗净，投入塑料箱中，一层杨梅一层盐，大约腌两个月，就可捞起来晾晒。视天气好坏，起码要一个月才够干。晒干收进桶里，密封存储，注意防潮。而后才视需要，退咸，再腌白糖，成为杨梅蜜饯干。

"杨梅摘下来时要怎么粗腌保存？放多少盐为宜？盐放得不够果子会不会容易坏？但如果放太多是不是就会吸入太多咸味？"黄建通像个好学的孩子，抛出自己的十万个为什么，一一求证，归来的第二天，立刻投身杨梅干的制作。

初始没有经验，咸淡控制不好，要么太咸要么太淡，于是也不敢推上市。只能留起来，自己吃，或送给别人吃。试做了两批后，黄建通才意识到，除了粗腌时需要控制盐巴数量外，在浸水退咸的环节，也要控制时长，浸水祛咸味，须得在天亮之前捞起，时间过长，咸味尽失，果肉也会变得绵软。

原来，求艺不是仅听过程，每个细节不断反刍，才是成功的关键。

第三桶再行试验时，黄建通定了闹钟，天刚蒙蒙亮便起床观察，待至公鸡齐打鸣，东方泛起鱼肚白时，他捞起一两个，先试了口感，然后才用大笊篱滤干水，又最后用纯净水冲了一遍。退咸之后，会有一遍晾晒，黄建通起初总是把握不了干湿度。太干了糖不散，太湿时汁太多，也晒不干。只能一遍遍试验，不断地试错，凭感觉去控制。万事开头难，第一批杨梅干基本上是半卖半送，或自己吃，食客们提了许多意见，黄建通一一记下来。客户说咸，就减点盐巴量，说太甜，就少一点白糖。对于古法杨梅干来说，已经没有别的添加剂，唯盐巴和白糖，但就是这两样东西，增一分太肥，少一分太瘦，如何达到味道的巅峰，需得有千百次的努力。

3 /

一批批亲自试验，一点点捡拾经验。黄建通起初随大流用矿盐来做第一遍的腌制，做出来后发现口感微微偏涩，于是他又找原来讨海时的老伙计商量，改用了海盐。矿盐来自新疆、西藏，成本低，1斤1角，海盐则要3角钱，但海盐干净，味道甘甜。再加上腌制用的水也是山上的泉水。按此法做出来的那批杨梅干，果然口感更甘更甜。

古法杨梅的制作过程非常耗时间，且对气候的要求也很高，得靠大自然的条件，纯日晒才有太阳的味道。故而浸泡退咸的动作，需得提前看天气预报，有连续近一周的大太阳，才敢从盐水中捞起，也才能进行晾晒和拌糖。黄建通手机用不顺畅，他还是习惯于自己原来的方式，在电视上观看天气预报，在收音机里了解天气。

有一回，持续半个多月的阴天，虽没下雨，但也没太阳。又正好有客户预订杨梅干，黄建通只得尝试着做了一小部分，用箩筐码起来，白天放在院中晾，晚上收在厅堂间的通风处吹。一连好几天，天气温温嗳嗳，不仅干度晒不好，味道也有些怪异。后来，这批货又成为了自己人的饭后小零食。

4 /

每年的杨梅季，都是黄建通最忙的时候。摘杨梅时，由于量太大，山上请了几个人来当采摘工。黄建通就开着一辆电动三轮车开上去载货，再马上运下来腌制，头尾20天的时间，一天往返好几趟。

摘下来，马上就要用海盐腌上。加工的东西都很费人工，需要花费时间一遍遍按步骤过流程，黄建通晚上习惯性地早早就洗完澡，先去翻一遍正在腌制桶中的杨梅，临睡前又翻一遍，凌晨起床再翻一遍，可谓是一日看三回。

拌糖时还得看吹的风向，春夏季刮的是南风，糖容易融化。如果是冬天北风吹，糖便不容易散，这时还得多翻几次，翻到湿度出来，才好融化融和。一颗杨梅，从种植，到采摘，腌，晒，退咸，又晒，拌糖后再晒，装瓶，成品……一整个流程下来，大约需要半年的时间。而另外的半年时间，则要花在果树上。冬天修剪，次年开春三月开始管理，施肥，除草，结果后要正规管理，要疏果……"从杨梅头做到杨梅尾"，一年都要做这个事情，他习惯于大小事情都过自己的手，只有自己做不了才叫人来帮忙。

5 /

现在，黄建通每年都要做一批杨梅蜜饯，"猪高兴农场"的杨梅干，已通过网络的方式销售得越来越好。他们还是坚持用当年的新果子做原料，掉在地上的次品一颗也不收入，地上的果相对不干净，也怕会有沙子——反正有漫山遍野的杨梅树，反正果子管够。他们用大池来腌第一遍的杨梅，腌到盐在果上不融化才算过关。很生态很干净的做法，晾晒时还要蒙上一层网，以免苍蝇和头发等异物进入。黄建通说，很多人怕吃蜜饯，其实是怕脏和防腐剂。但在他这里，这么多年从没人反映过这个问题。古法杨梅蜜饯，解暑效果好，对老人小孩都有助消化的作用。最好的口感保持方式并不是添加多少东西进去，而是尽可能保留果子原本的味道。喜欢它的人是因为喜欢它的香气和口味，纯天然的腌制方法，其实才是民间流传的智慧。

关于以后要做什么，黄建通并没有深想，有杨梅山在，当然还是继续种杨梅做杨梅蜜饯；如果离开了刘坑山，那就再去做别的行当也行。一切随意随心，但有一点不变的是，不管到了哪里，都用心用情做事。

来到山上，前前后后已经8年，黄建通大多数时间留在山上，仅春节时回家里走一趟，春节过完马上就又回到了山上。山上的活都是零碎的，要自己去找工作来做，眼里要能看到事情和工作。刚来到山上，他连室外的灌溉水管都自己安装。季节到了，要种地瓜种菜，要用肥，要采摘。做农民就要识季节识气候去管理，该喷水喷水，该施肥施肥。农场老板不一定常在山上，得把事情都当作自己家的来做，如果做表面的，什么也做不起来做杨梅干也是一样，在什么时间做什么事，用心去做，必有收获。这就是黄建通认为的"为什么我们做的杨梅干更好吃"的一大秘诀。

技艺

1. 腌制

采摘新鲜杨梅，经挑选后，放入干净的大桶中，一层杨梅一层海盐铺盖好，腌制一两个月。

2. 暴晒

腌制过的杨梅需经阳光暴晒，蒸发掉水分，变成盐渍杨梅干，便于保存。

3. 退咸

需要制作杨梅蜜饯时，用山泉水给咸杨梅干退咸。退咸时间要做好控制，一夜浸泡，到第二天早上就收起来，不能浸太久。否则口感容易绵软。

4. 又晒

视天气及太阳光的强度，晒半天至多天的时间，晒至半干。以手捏不出水为宜。太湿裹不上糖，太干则糖不容易拌匀。

5. 拌糖

选用纯正白糖，以1斤杨梅6两白糖的比例放进去，戴上手套，充分搅拌，一遍遍弄到糖散为止。

6. 再晒

再次把用糖腌制好的杨梅干倒在大箩筐上，盖网，放日光下晒。等到水分被阳光蒸发掉七八成时，杨梅蜜饯就做好了。

7. 成品

做好的杨梅蜜饯，需要在低温处避光密封保存，如果冰箱有空余位置，最好放置于冰箱的保鲜层。

"山人"

　　一望无际的山，由黄建通负责管理，直排式的闽南红砖建筑，隔出了前庭与后院，屋顶角燕尾脊直挺入云，后院茶花正艳，前庭延伸向远处的山外青山。院子极大，一大片葡萄架下，种着四季蔬菜，有地瓜叶、空心菜、长豆角等。院子中间，正晒着几大箩筐的杨梅干，紫红的色泽，酸溜溜的香气，把人诱得口水都要流下来。

　　黄建通刚届知天命之年，身体矫健，皮肤略黝黑，五官周正，一双眼睛闪着山里人的淳朴光泽，干活时他戴上一顶西部牛仔式的帽子，是个很帅的大叔。黄建通手机的微信名叫"绿色"，生活中也极爱绿色。还没上山时，他在家里栽西瓜，屋前屋后种满果树、玉米和各种花。到了山上，更是有了用武之地。去菜市场买凤梨，觉得好吃，就种在花盆里，每天悉心管理；有位老板拿了些转基因品种的果树来，他也种起来，虽然不能吃，但种出来后感觉有趣，内心也很欢喜。

黄建通爱琢磨，做什么事情都要去摸索，做了杨梅干以后，他学会了看短视频，主要看一些腌制的方法，以及如何用祖辈传统的手法来保鲜。他觉得最难能可贵的都是民间流传的智慧。

　　黄建通极内敛，刚开始采访他时，他再三央求换人。说自己只会讲闽南话，说自己不知道该说什么，说自己面对镜头会觉得很尴尬。我赶紧用闽南话跟他拉呱，又拉着他离开人多的泡茶桌去了另外房间，人少，闲聊，一直说些不相干的话缓解他的情绪。许久，他才慢慢放松下来，愿意多说话，愿意讲过往，讲起来时，语速很慢，言语真挚。他的身上，有着典型山里人的淳朴、敦厚与善良。

　　黄建通在山上待了多年，其间很少下山，距离家里仅15公里，骑摩托车不消片刻便能抵达，但他连春节都是在山上过的。他把山上的活当成了自己家的事，尽心尽职，做工也不会另外看待。"你要让老板相信你，你就要做个让别人值得相信的人。"

　　每天晚上，黄建通哪也不去，他习惯性地早早就洗完澡，自己泡茶，或请相熟的山下的朋友上来坐会儿。手机看得少，电视只看新闻和戏曲，夜里坐在星空下，两三个人一起喝茶，发呆，听山里的虫儿鸣啾。他说，这种感觉让他觉得很惬意很知足。

　　我在黄建通的讲述中，想象那种星辰之下把盏言欢的场景，心中忽然泛暖。

陈淑瑾

闽南小吃酸笋包制作人。

闽南小吃酸笋包制作技艺

陈淑瑾：不随大潮流，坚持古早味

　　集美灌口，自唐代以来，就有"八闽重镇"之雅称，烟火千家，颇为富庶，被称为同安县的粮仓，东辉村的米场至今仍有名气。元朝时，灌口设有深青驿站，各路人马，来来往往。概因这些因素，灌口各式小吃众多，各种各样的闽南年节，都能看到小吃的身影。农历五月初五田中央村包豆子粽，七月十五普渡做咸肉粽和碱粽，农历四月十一铁山匙仔炸节，农历八月十五家家户户制红龟粿和芋粿包……

1 /

在灌口，提起老街，人人耳熟能详，它曾经是进入灌口的必经之路。街虽窄，却长，衣食住行，五脏俱全，是三里五乡的赶集点。周边有卖海鲜的海仔市、卖柴火的草仔市，还有专门打棉被的打棉街。长泰、杏林等地的人，都会会集来这里买东西，便宜又齐全，一趟下来全部搞定，人流很旺。

有人流的地方就有吃的需要，当年，在灌口老街上，各式的吃食极丰富，翻看灌口掌故，第一家沙茶面就是陈美章家开的。而本文的主人公陈淑瑾，便是陈美章的太太，她在灌口街上极有名，人称阿瑾。

阿瑾原来是餐饮行业的门外汉，1987年，她从灌口李林村嫁到了灌口镇上，成为陈美章的妻子。李林又称内林，闽南话的语境中有偏远偏僻之意。在当年，农村人嫁城里人，是极有面子的一件事情。阿瑾的婆婆那时在供销社工作，专门做餐饮类，手艺了得，沙茶面、小吃、炸枣、麻花……样样拿得出手。1979年陈美章补母亲的班，以补员的方式也进了供销社，5年后承包了综合餐饮部，自己单打独斗。沙茶面店生意极红火，客流量非常大，排队等吃的人能从店里坐到骑楼，再坐到街上去，左邻右舍的门口，也都摆满了桌，最多时一天能卖掉一百多斤的水面。

家里做生意，阿瑾自然要扑上去帮忙。她在娘家当姑娘时很闲适，父亲疼女，田里的重活一点儿也不让孩子们干，家里的琐事又有母亲操持。到了夫家，阿瑾有些傻眼，背地里累哭过几次。但她一直记着父亲的话："嫁过去要守好本职，做事情多瞻前顾后，别让人家说闲话。"阿瑾遵从父训，用心，好学，尽心尽力给婆婆、老公当帮手。在实践的过程中也掌握了许多做餐饮的必修技艺，而且她手脚麻利，干活又快又好，不到半年，就成为了婆婆的得力助手。

2 /

随着城市的开放和发展，灌口的外来人口越来越多，他们的口味偏咸偏辣，接受不了本地化的传统偏甜口感。新的沙茶面店也陆续开了起来，配合食客的各种改良版层出不穷，冰柜里五花八门。阿瑾家的传统口味，反而受到了冷落，仅有老食客食髓知味，而外地食客总是追逐大多数。

阿瑾家只得另谋出路。

这个时候，阿瑾已经完全融入了夫家的餐饮江湖。考虑到周边有工地和学校，她和婆婆很快又开起了快餐店，兼卖一些当地小吃。快餐店生意依然很好，每到中午座无虚席。陈家人对原料苛求，总是买品质上乘的食材，油好，料好，价格公道，几年开下来，并没有赚很多钱。利润很薄，阿瑾很节俭，多年精打细算，存下5万块钱买下了自家原来租赁的店铺，打算从此在灌口老街施展拳脚。

可是，餐饮这个行业变化很大，食客好求新鲜。大约是2000年前后，随着许多好看好玩好吃的"三好"餐厅出现，传统快餐店的生意又受到了影响。老公与婆婆都是传统手艺人，阿瑾也是踏实做事的类型，他们不够活络，不会搞形式主义，也不会去研究店铺如何弄更好看，只一门心思在食材的品质上下功夫。再加上附近的工地陆续完工，学校也开办了食堂，阿瑾家的快餐店再次被边缘化。

3 /

生意越来越差，阿瑾很着急，便与婆婆商量改行做一些小吃。彼时，正是新商业街不断崛起之际，灌口老街已慢慢有些偏安一隅，人流不如以前多了。如果不是目的性消费，恐怕没有人会按图索骥专门过来买。

和婆婆聊天的电光石火间，阿瑾想起小时候外婆做过的酸笋包。娘家李林村几乎家家户户都会做酸笋包，每逢八月中秋或大年夜，村里大灶的大火便会燃起，大海碗那么大的酸笋包，一个个鼓囊囊的，整个村子都飘荡在酸笋和芋头的香气中。但由于后来很多人家都盖起了新厝，土炉灶也成为历史，现代的液化煤气和小锅小灶根本没办法做粿，酸笋包渐渐淡出了食客们的视野。但那层米浆与香芋混合的粿皮，那缕特殊的让人口舌生津的酸笋香气，都给阿瑾留下了深刻的印象。

小试牛刀时，阿瑾小心翼翼，十几年没有做酸笋包了，手艺是否还在？做出来的味道食客能不能接受？一切都是未知数。她小心翼翼地先做了一小块，请婆婆品尝。婆婆干餐饮出身，嘴巴刁，她首肯后的赞许，给了阿瑾很大的信心。于是她第二天又做了一小笼，送给左邻右舍和朋友们尝鲜。

由于传统工序复杂，并没有很多人做酸笋包，市面上也极难买到。原来在乡下时，也只在非农忙的闲暇时间里，才会几家聚在一起合力鼓捣，镇上的房子位置有限，因为小锅小灶不适合做粿，所以吃到酸笋包的机会并不多。阿瑾有位开理发店的朋友，她第一次吃酸笋包，就极力夸赞，并开始鼓动阿瑾批量制作，她率先定了一些送给朋友品尝，又口口相传帮阿瑾做宣传。

4 /

首战告捷的阿瑾，高兴得像个孩子。她每天晚上临睡前泡米，清晨5点起床，先沥水，然后去菜市场买最新鲜的肉菜。回来时开始磨米浆，小姑帮她磨芋头、切豆干、切菜。碰到量大时，两个大姑子，一个大伯子，一个小姑子，两个儿子，媳妇，全家都会来帮忙。那是酸笋包很辉煌的一段时光。

但做的过程中，也不免碰到烦心事，有一回，阿瑾新进的好几袋米，磨出来的米浆却很稀薄，舀上粿帕（闽南话又称粉啊布）时，淅淅沥沥直往下滴水，硬着头皮蒸出来一看，惨了，个个软塌塌的，吃到嘴里很绵软，口感奇怪。阿瑾不明就里，跑去问卖米的人，店主说那是新到的米，适合煮干饭。米本身没什么问题，只是不适合做粿。阿瑾不好意思提更换，只能反其道而行之，买了一些用于煮粥的老米，又尝试了一番，才得出经验——做酸笋包，米是一定要很讲究的。

另一件事情，也让阿瑾很受困扰。由于小时候读书少，阿瑾对于很多新事物都很陌生，比如微信支付，她用起来不趁手，每次去买菜，总是容易出差错。有一回去买酸笋包必备的三层肉，连按两次，晚上算账才发现多刷了75元。阿瑾急得一个晚上都没睡好，第二天清早，拿着记录去找肉铺老板，才讨了回来。这样的事情时有发生，菜市场的人后来也习惯了，如果不忙，还要反过来帮她看看支付记录，生怕她多付了钱。

5 /

如今，阿瑾依然在自己辛苦打拼买下的店面里做生意，兼营酸笋包、芋头粿等。她很"佛系"地做着自己的古早味，按订单制作，算好量和个数，要买的人就打电话来订货，要送朋友，亲戚朋友吃趣味，集体开会订餐等，只要有需要，阿瑾都会送货上门……阿瑾有个住在岛内的老食客，是酸笋包的忠实粉丝，她隔一段时间就会打电话来订货，掐准时间，大约快做好了，趁着刚起锅时，驱车赶到，赶着还热乎的劲儿取回去，送给也有同等喜好的亲戚朋友。这一买，就买了20年。

　　偶尔路过的人看着新鲜，亦会买上一二尝试。酸笋包这样的古早味，说到底是很挑食客的，爱吃的人，就是好这个味；不爱吃的人退避三舍，避之唯恐不及，连从门口走过，都觉得酸笋味呛人难闻。每个人的口味不同，阿瑾不勉强，也觉得很正常。她在灌口老街待了几十年，对这个地方投入了深厚的感情。现在很多小吃慢慢淡出了大众视野，但阿瑾很希望，灌口老街还能够承载老灌口人的味蕾记忆。

技艺

1. 选择煮粥的老米，泡满水，浸泡三个小时以上。然后控干水，开始磨米浆。边磨边加水，要把握合适的配比。不能太稀，也不能太浓。

2. 选择香芋，洗净去皮，用礤丝板礤成芋泥，一定要适量放，如果过多则粿皮黏性会受影响，最好按1：1比例调制，并充分混合。

3. 切配料，酸笋、胡萝卜弄成丝，选择软硬适中的老豆腐和新鲜不粘牙的三层肉，全部洗净切丝，分门别类放好。

4. 大火烧锅，适量的油，微微冒烟后入三层肉翻炒，这个步骤一定要把握好时间，时间太短煸不出油，时间太长肉会有焦味。

5. 肉炒至出油，依次下入胡萝卜、酸笋等各类配菜。放酸笋是门学问，不能过多，多了则酸，口味太呛不行。但也不能放少，酸笋包里没酸笋，那就完全没有了灵魂。

6. 有人常追问怎么放调味料，是否要按原料的重量来过秤。阿瑾很为难，她的经验是凭感觉，10斤米5斤米，分别多少调味料，她心里"有咸淡"。如果用勺反而就弄不好了。

7. 铺放一层粿帕，用汤匙将米浆先舀一层在布上，约1厘米厚度，直径约10厘米。浆打底，料放在中间，上面再打浆盖上。

8. 大火起锅，上蒸锅。蒸的时间把握，阿瑾说也是经验之谈，不能太死板。料如果多了，就多蒸一会儿，可以用手去轻触粿皮试探，只要不粘手就是熟了。

9. 起锅揭盖，执干净菜刀，将酸笋包与周邻相连部分切割开来，只要有粘住的都要划开。然后再一个个装袋，放入小蒸笼中保温。曾有人建议阿瑾用碗来做，比较不费工，但阿瑾不肯。她说，如果用容器，那做出来的就是碗粿，不是古早味酸笋包了。

"青菜"阿谨

"6块7,拿6块就好,没关系的,下次再补。""找你5毛,别推呀,拿上拿上,刚好有嘛!"采访在阿瑾的店里进行,她边招呼生意边和我聊着,间或,她会站起来说:"我再去卖一下,我小姑比较不会。"说这话时不是怪罪的口气,而是那种为嫂疼姑,非常疼爱的感觉。她穿着一件红色的线衣,整个人容光焕发。说话时,连声音里都带着笑,眉眼弯弯,60多岁的年纪了,看上去倒像50岁。

不断地有人走进来,加入我们的聊天。左邻右舍,清洁工阿姨等,喝杯茶,吃个粿,问我们在采访什么,又说阿瑾的东西很好,值得被宣传等。阿瑾也说,大家都是好朋友,常来又常往的,每次她要做大粿,很多人就会自发跑来帮忙。小小的店铺,俨然是她待客的厅堂,亲和,温馨,没有距离感。

显然,阿瑾在老街上人缘很好。

好人缘，缘于好心态，阿瑾爱笑，人热情，对什么都不计较。跟夫家的每个人也都相处得很好，嫁过来三十几年，从来没有红过脸，闽南话叫做人很"青菜"（好，随和，不计较）。也正因为这种"青菜"，她的生活纯净简单，可以更专注地把更多心思拿来研究老手艺。

说起老手艺，阿瑾有很多话说，她说奶奶原来是缅甸归来，会做很多吃食，她耳濡目染也学会了几种，如今还经常自己做辣酱。蒜头扁碎，青辣椒去籽剁碎，放入密闭的瓶中，加入生抽和糖，腌制一段时间，用来做酸笋包的蘸料正正好。

关于老街上许多老手艺的流失，阿瑾很痛心。她说，原来很多东西都是手工做的，做皮鞋的人可以自己打版自己焊接，但现在都通过进货由工厂全权负责；后街的打棉被，如今也是电动制作，假机器之手，恋旧的人总是觉得可惜呢……

我抬头望着老街对面阳台的红色五角星，仿佛回到重建前的原始街市，有卖海鲜的海仔市，有卖猪的猪仔市，还有一些比较原始的手艺类。真是琳琅满目！

阿瑾很希望祖传的手艺能够一直坚持做下去，就这样按照自己的节奏，不急不躁，慢慢做，慢慢来，以后自己做不动了可以传给大儿子。

"我家里自建房的两个店面，如果装修出来做酸笋包，也是正正好的。"说到这里，阿瑾笑得眉眼弯弯。

陈珠庭

福建省第四批非物质文化遗产保护项目"翔安农民画"代表性传承人。

闽南农民画技艺

陈珠庭：天生我才为画痴

　　翔安农民画——福建省非物质文化遗产，源于传统民间壁画，是历代民间艺人传承下来的一种民间艺术，在翔安有着悠久的历史。翔安农民画是水粉水彩画的变体，色彩饱满鲜艳，散发着来自乡土的艺术气息。

1 /

1963年，陈珠庭出生于翔安马巷（旧称同安马巷）。5岁那年，他患上小儿麻痹症，腿脚不便，常常待在家里，由奶奶看护。奶奶原来是大户人家的小姐，多才多艺。在陈珠庭印象中，奶奶常踮着"三寸金莲"，提着一篮绣线，坐到哪儿绣到哪儿。只要看到图案——花朵、鸟类，就会自然而然把它们都绣进自己的作品里。看着奶奶一针一线建构起的世界，陈珠庭觉得很神奇，他也经常用木炭在地上乱画，画鱼画鸟，童趣涂鸦，怡然自得，全是小孩儿的童心童趣。

作画似乎冲淡了陈珠庭腿脚不便所带来的苦闷，也让父亲感到欣喜，他对着儿子念叨道："你以后做拿笔的工作，也能讨些生活，很好。"

七八岁时，家里穷得叮当响，但父亲还是想办法让这个最小的儿子去读了小学。小学生正是喜欢疯跑的年纪，同学们一到下课时间就像出笼的鸟儿。走路不方便的小珠庭，只能坐在座位上不停地画画。没有多余的纸，就拿本子的反面来画；反面画完了，再用书的空白处来画。同学们看到陈珠庭的书本，都惊讶不已——每本书的空白处，密密麻麻都画满了图画，花鸟鱼虫，飞禽走兽，这些农村庙宇、屋檐、窗花上的灵感，在一个小小的孩子笔下，仿佛醒转，栩栩如生。

那时的陈珠庭，在村里已经小有名气。邻居要做新婚喜庆的背面枕套时，都来请他画绣样，鸳鸯戏水，双凤牡丹，花开玉芙蓉，富贵满堂……不管是什么样的要求，陈珠庭都可以画出来给她们去绣。堂姐妹们更是把他当作小画仙，天天围在他的桌子旁边转。

有一回，本村的一位知识分子邀请小珠庭去做客。他拿着一本书说："如果你能够在两个小时内把封面画出来，我就把这本书送给你。"陈珠庭领了任务，当即开画，大约一个小时就画好了。对方一看，惊讶不已，封面的图画几乎已经全部画在了作业纸上：年轻的女子执伞前行，天上的云，路边的人，树上的花，地面的叶，均灵气生动。在场的几位乡人都说画得真像，如果不是亲见，他们真不敢相信，读小学就可以画出这样好的图画来。

那时的陈珠庭，朦朦胧胧地觉得，自己长大后兴许能当个画家。

2 /

大姐要出嫁的时候，陈珠庭跟着去合作社买毛巾、布匹。刚走进大门，他就看到了玻璃橱子里放着一排排的"小人书"（连环画），有《闪闪的红星》《鸡毛信》等，一帧帧的连环画，画面画得可真是好啊，人物的表情形象均饱满逼真，背景画面寥寥数笔便勾勒得很具象。陈珠庭的眼前，仿佛打开了一个美丽新世界，这样的表现手法，和他原来画绣鞋画门楣画花鸟鱼虫，完全是不一样的内容。可是，他口袋里没有半毛钱，姐姐当时准备嫁妆，家里紧巴巴的，懂事的陈珠庭不敢跟姐姐提非分要求，回家后悄悄跟父亲说了小人书的事。陈父倒是很支持，问需要多少钱，边说边从口袋里往外掏，陈珠庭本想说需要2角，看着父亲把钱袋子掏了个底朝天，里面只有5角，他赶紧说不买了。

这之后，他每天放学都要拖着病腿走很远的路去供销社看小人书，学习人家画人物的线条、头像的动态、背景的线条等。那段时间，他几乎每天去报到，工作人员也很无奈，但看孩子实在喜欢，便说："我拿出来翻给你看，你自己别用手翻，不然手汗印上去，就没人买了。"

陈母养了一些鸡和鸭，本来是要给陈珠庭补身体的。陈珠庭舍不得吃，征得了母亲同意后，提着满篮子的鸡蛋鸭蛋去和供销社的工作人员协调。小小的孩子站在柜台前，怯怯地问道："我用鸡蛋来跟你换，可以吗？"售货员阿姨被感动了，陈珠庭由此得到了那套小人书，每天在家里频繁地临摹着。陈母看孩子频繁作画，极费纸笔，就让木工做了个扁筐，用筛子筛出细沙，将木头磨出尖头，画在沙子上，画好便用手抹平，这样就不用重复去买纸了。

边欣赏边成长，陈珠庭的技艺突飞猛进。正是好玩的年纪，别人家小孩子到处去淘气，他却一坐下来就开始画画，不画都觉得缺点什么。

3 /

当教科书上开始出现毛主席的画像时，陈珠庭悄悄地学着用铅笔临摹，在家里偷偷地画小张的毛主席头像。后来，他看到一张毛主席的全身照——《毛主席去安源》，便想办法去弄了大张的纸来画。

那是1973年，陈珠庭上小学三年级，才刚10岁。

有一天，陈珠庭放学走出教室，就被同学团团围住，簇拥着往前走。听说是一位叫"梁金城"的画家，专门从蔡厝骑自行车来找自己。正是秋季，校门口不远处的红柿子树下，有人正在炸米香，随着"噗"的一声，香气四溢。梁金城穿着染过色的衣服，襟子扣，骑着一辆有横杆的凤凰自行车，面带微笑站在柿子树前。陈珠庭向他走去，一瘸一拐，颇有些自卑和迟疑。梁金城对着他招招手，说："小孩，你把手上的那张画给我看一下。"陈珠庭这才鼓起勇气走过去，轻轻递上画作——《毛主席去安源》。梁金城慢慢展开，惊讶地问道："这张是你画的，还是你们老师画的？"陈珠庭还没回答，旁边的小孩子就抢着说："我们哪有老师，都是他自己画的，我们亲眼看着他画的。"梁金城赞许地点点头，说："这张画得很好，但你可以把人物再画大一点，画一些去安源的背景。线条、造型都要细致勾一下，构图也要重新规划。"

后来，陈珠庭才知道，梁金城是个名画家，他听说有个小孩子画毛主席画得很好，心生爱才之意，这才寻访而来。亲眼所见后，梁金城也很兴奋，一个没接受过任何美术指导的小毛孩，竟然能画出技法如此成熟的作品，这不能不让他啧啧称奇。

4 /

初中毕业后，陈珠庭到马巷讨生活，有一回在老艺人郑天赐处喝茶，正好碰到梁金城带着儿子去学雕塑。虽数年不见，梁金城还是一眼就认出了陈珠庭，他用闽南话语重心长地对陈珠庭说："你跟艺术很有缘分，要好好坚持画下去。人山人海的大场面怎么排布，人物要怎么分布落子，都要经过思考，大画还是得靠练，否则便难以把握。"

这期间，陈珠庭为谋生到处奔走。在鹭江美术厂画扇子、屏风，到各个村庄庙宇画壁画、宣传画等，也去马巷中学工艺美术厂画瓷砖画、民间布画。但只要一有时间，他和梁老师便经常约在马巷碰面，学习了不少的技艺和手法。

1990年，陈珠庭与同村女子陈良花喜结良缘。妻子善良温柔且勤快，先生作画时，她就在旁边作陪。陈珠庭每每画画到三更半夜，妻子就下厨煮一碗黄翅鱼面线给他当点心。闲时，陈良花帮村里人剖海蛎打短工，也拿小手工回家订珠串、缝婚纱。她几乎包揽了家里大大小小的家务，只让陈珠庭专心于农民画的教学和创作。

有了贤内助后，陈珠庭的画画技法突飞猛进，也更有时间思考。时代在变化，陈珠庭意识到，新时期的翔安农民画，不应再局限于农民田间地头的耕作，而应该紧紧扣住时代的脉搏，画出更富有时代气息的作品。他开始博采众长，学习各种画派的技法，来融入农民画的创作。除了保留传统文化和艺术创作的本色外，也更努力探索传承形式。其间，陈珠庭向大嶝的郑晨钟老师学习了中国画的画法，也跟其他的老师学习了素描等。

5 /

2015年，翔安大举开发建设，随着翔安隧道的开发，陈珠庭感受到了不一样的气氛，他敏锐地意识到自己生活了数十年的地方，正在进行一场巨变。那种日新月异的变化感，令他热血沸腾。他开始着手做准备，寻找素材。

妻子陈良花很支持陈珠庭的决定，取出辛苦攒下来的钱，全部拿去给他买胶卷。怕他腿脚不便，便开家里运货的嘉陵摩托载陈珠庭到处走访。有一回，夫妻俩从新闻上听说大嶝岛要建桥了，马上决定当天就过去拍摄。下着雨的天气，陈珠庭怕相机弄湿，一路都藏在雨衣里，紧紧护着。到了现场停好车，一人打伞一人拍摄，勉强完成素材的收集。回程，雨更大了，陈良花推车，陈珠庭举伞，举步维艰，摔了好几跤。妻子心疼丈夫走路不便，决意冒雨骑行，一路飞快回家。孰料雨天路滑，车轮陷入稀软的泥中，忽然急速向前冲。这时，迎面一辆载土的大货车飞驰而来，刹车片尖锐的声音撕破了风雨声。太险了，只差一米多远，陈珠庭夫妇就要葬身车轮下。

为了这幅画，陈珠庭几乎走遍了翔安的山山水水。但是，素材有了，要以什么方式呈现，陈珠庭陷入了困局。他想起曾经看过的张择端的《清明上河图》，以汴京城的热闹场景为轮廓，展现了当时士农工商欣欣向荣的场景。于是把所有的照片全部洗出来，重新构思作品。他希望在这幅画作里，充分体现翔安这些年来发展的缩影，同时也记录翔安建区以来，在文化、体育、政治、经济各方面发生的巨大变化，以及百姓安居乐业的场景。经过半年多的创作，这幅内容丰富的、从翔安隧道一直描绘到翔安最北部新圩镇的画作终于面世。18米长的农民画作品《翔安春色》，获第五届厦门文学艺术奖一等奖，被誉为"中国现代版清明上河图"。

2018年2月，陈珠庭被评为福建省第四批非物质文化遗产保护项目"翔安农民画"代表性传承人。看到公示板的名单，陈珠庭流下了激动的泪水。

2021年12月28日—2022年1月12日，"'吾土吾绘'陈珠庭农民画画展"在厦门市美术馆展出。陈珠庭选送的80多幅农民画作品，都是深入生活的创作，生动地展示了当地民风民情，以及自然风光等，颇受观众喜爱。现场采访中，陈珠庭动情地说，翔安是画乡，他希望可以长江后浪推前浪，把翔安的艺术发扬光大，一代一代传承下去。

技艺

1. 农民画取材于生活，落笔前首先要深入生活、体验生活，做到心中有画面。以舞龙戏狮为例，最好先看过庙会，看龙怎么舞，球怎么拿，心中要有规划，不能依样画葫芦。

2. 拿一张白纸进行构图，用柳条先定位置，要定得很准确，才好依此来发散。可用铅笔先打出框架，整理一遍，再用毛笔勾线条。

3. 农民画鲜艳的色彩，其实经过了几层的打色。首先用单色平图，只选一种颜色，涂得很平。注意色彩的对比，才能形成撞色。要保证色泽艳丽，下笔要重，不能太薄，太薄则寡淡，体现不出感觉来。用色彩画背景时，要注意对比色和衬托色。

4. 整幅画成形后，还要再画一些花纹图案，断续的线重新补色做修整。比如锅是黑色的，就要画出黑色的线条。视图的需要，酌情加入，色彩有漏掉的，要全张补色彩，色彩不够重的，要增补。

5. 整张作品重新整理，就可题作品名字，拿去装裱。

一个人的时候

翔安素有"画乡"之美称，马巷山亭社区，陈珠庭的家就在这里，后院的老房子，是陈珠庭的画室，据说最早的历史可追溯到清朝。他在这里从事农民画创作，已经有30多年。

老房子和前面的新楼房仅隔一条走廊，左侧沙地种着一棚架的丝瓜，绿叶黄叶，正正鲜艳。新楼客厅的墙上，贴满了陈珠庭的作品，墙下的木头椅子上，放着他日常要吃的药。

自从妻子陈良花去世后，陈珠庭就经常一个人生活。儿女在外忙工作，他一个人做饭，一个人洗衣，一个人画画。每周去马巷买一次菜，顺路拜访一些艺术家。好客的他，最喜欢有艺术界的朋友来家里泡茶聊天，这样，他就可亲自下厨多炒几个菜，请大家吃饭，给大家泡茶。

一个人的时候，陈珠庭一天要吸很多的烟，喝很多的茶。用他的话说，人总需要有一些消遣。他说："茶，我是真的喝下去，但烟并没有真的吸进去，仅是吸'手口烟'，作为一种消遣而已。"

谈及妻子，陈珠庭眼圈红了。他说，妻子为自己的画画事业真的付出很多，为了让他全心全意教学和创作，怕耽误他的时间，妻子连生病都没有及时说，直至病发，天人永隔。每每想起妻子，陈珠庭还会悄悄落泪。怕孩子们担心，他有时强制自己不去想过去的事。但他一直在默默筹备着，希望有机会可以搞一场义卖，把义卖所得以妻子的名义捐予慈善机构。

他认为这是自己怀想她的一种方式。

此外，陈珠庭也很希望自己可以继续从事农民画的传承和教学工作，虽然因为身体原因，他现在较少出去上课。但只要有学生过来家里学习，他都极为热情，不仅不收分毫学费，还要买颜料和纸张送给学生，叮嘱其好好学习。

采访大约进行了3个小时，其间几乎无人路过，乡村幽静，少有人干扰，陈珠庭家，也仅哥哥进来站了约两分钟，此外再无任何车声人声。

宋水露

闽南菊花茶制作者。

菊花茶制作技艺

宋水露：一辈子的茶人

厦门翔安内厝锄山村，是一个藏于深闺的美丽乡村。从厦门市思明区出发，车程一个多小时，有约四分之一的时间要在盘山公路上缓行。由于交通不便，村里人很少外出，居在高山，自给自足，一个月下山采购一次日用品，或者干脆就托他人代为采办，平时种的土特产，也交给村里的专人收购。简单的生活，用心侍奉地里的庄稼和作物，他们中有许多人，一辈子都没去过几次厦门本岛。

宋水露，算是乡人中较早走出大山的一个。

1 /

　　1955年出生的宋水露，在闽南人的计岁语境里，已经算是个老人。人生七十古来稀，回望来时路，仿佛还在昨天。16岁之前，宋水露一直在读书，他自小就聪颖伶俐，盼望着走出大山，改变自己的命运。但是，当年家家户户条件都不太好，宋家也并不例外，能读到初中毕业，已经算是个学问很高的"读书人"，家里人都盼着他赶紧自力更生，好为自己赚得一份生计，同时贴补些家用。

　　就这样，很会读书的宋水露提前结束了学业，被命运输送向另外一条路。1972年，宋水露进了当时的锄山村集体茶叶专业队，从新手开始学习采茶制茶。从学校到工场，宋水露没有抱怨，初出茅庐的年轻人，觉得做茶真是很有趣味呀，他和生产队的社员一起去采青，在茶园里边采边学习茶叶的品种及相关知识，了解理论，又慢慢进入实践，晒青摇青炒青，从此展开他与茶一辈子的缘分。

2 /

22岁时，宋水露结婚了，随着家庭成员的不断增加，肩上的担子慢慢加重，他觉得自己必须要做点什么来增加收入，同时改变一成不变的生活。

1986年，刚过而立之年的宋水露开始创业，做起土特产生意。他把村里人的东西收购回来，带出大山去找买主。同时把卖土特产的钱收拢起来，承包了村里的茶园，种一些白菊花。

有一次，山外常来收购的商人，拿了野菊花的品种进山来。黄蕊黄瓣的野菊花，与锄山原来栽种的白菊花品种有很大不同，据说功效更多元，可散火气，消痈疽脓疮，更具有功能性，可闲饮，可入药，在药材市场上也备受青睐。宋水露当时正好承包了村里的茶园，自家亦有十余亩地，他便把大部分土地腾出来，悉数种上了野菊花。锄山海拔高，空气好，常有雾气萦绕，很适合野菊花生长，宋水露善种茶也爱研究，经他手侍弄的野菊花都郁郁葱葱。

野菊花的种植，需要先旱后水，很多时候"靠天吃饭"。

六七月间，野菊花初萌之季，如果连续下雨，娇蕊就会被淹死泡烂。到了8月生长旺季，它又极爱水，雨水露水都能促进其快速地好好地成长。要不要下雨，什么时候下雨，有时连天气预报说了都不算，只能默默祈祷。

3 /

靠天吃饭，易产难成，常常是越怕啥越来啥。夏天还未过去，宋水露种下的菊花刚刚初绽，半夜的一场雨让他从梦中惊醒，他深一步浅一步地奔去田里，心中焦急万分。所幸雨不大，淅淅沥沥，一夜惊乍，第二天老宋赶紧采取措施，搭棚子，挖引水渠，为极有可能的大雨做准备。

如果不幸在菊花采摘期碰到下雨，那就是件极令人崩溃的事。菊花遇水，颜色就会发黑，香气也会打折扣，最后只能便宜贱卖给收购商。但是，等着停雨再采摘也不可取，花与茶都是恰时则嫩，过时易老，必须要踩着点。

宋水露是老茶人，他对制茶有自己的一套。年轻时，他去茶园采青，如果看到山上的茶叶已经到了火候，不管下不下雨，他都要采回来，用吹风机、电风扇吹，用火烤。处理菊花茶，他原来没做过，只能自己翻药材书籍摸索。据中药学传统，花类中药材大多使用没有开花或开花不久的入药，只有这样，有效成分才能最多地保留在中药材中。弄懂原理，宋水露成竹在胸，每每在菊花季前，他都会提前约好熟练的工人，花开含蕾，就争分夺秒，力争一天内将含苞欲放的花蕾摘下，保持菊花的最佳口感及功效。

如何晾晒，宋水露亦有心得。和采摘一样，要卡准时段，花当天摘下来，就要赶紧去蒸，蒸过后要晾晒。拉薄膜布层，避免雨雾天及露水侵袭；每天日暮即将花收起，晾在家里的通风阴凉处，第二天再重新铺到户外去；如果实在碰到下雨，就用宽竹匾摊开，先放于通风处，一有阳光立马再放至户外。如此反复多次，耐心而舒缓地等待，直至菊花晾至干透，一点点散发幽幽清香。

野菊花的习性与脾气不同于其他植物，没有经验的人很难把握。而宋水露就这样边种边学习，靠着曾经制茶的经验与积累，慢慢将野菊花的营生做了起来。锄山自20世纪90年代开始种植野菊花，全村原来200多户人家，几乎家家户户都种植。晾晒而成的野菊花茶，是当地"三宝九品百味"的知名品牌之一。

4 /

后来，宋水露把茶园承包权交了回去，菊花种植量也减少了，他再次受雇去南安水头灰瓦园做制茶师傅。他还是会在自己有限的田地里，都种上野菊花，收成季更是要赶回来采收，不仅收自己家的，也收乡邻的。渐渐地，宋水露成为了村里最大的菊花收购商，最多时一年可收上万斤的野菊花。

无论是种菊花、收菊花，还是卖菊花，都并非一帆风顺。也曾有人来竞争收购，也曾有客商压价，故意不收宋水露的菊花。宋水露并不恼，他坚信做土特产得有自己的生意经：一要专业，要识货；二要耐得住，讲良心。土特产是非标品质，没有办法有统一的标准，全看收货人的眼睛。宋水露大半辈子都在和茶叶打交道，产品质量如何，一望便知。记得有一年，来了一位年轻人，准备做第一手的收购商，收后再卖给大客商，以赚取差价。可惜，年轻人对质量把关不严密，收了一堆半干的菊花，回去后也不懂再晾晒加工。等到大客商收购时，那一批野菊花已经全部颜色变深发黑，只得以低于收购价的价格，草草卖出，首战赔钱告终，从此不再碰土特产生意了。

宋水露的做法就厚道很多，他采用类似于"制造+贸易"的做法，既售卖，也采买。每年，收菊花的客商一来，宋家的货一般最令其满意，谈好价格，收入囊中后，客商一般也会到村里别家再去看看，把颜色鲜黄好看的一并收入囊中。碰到下雨天晒不好的，颜色暗沉的，客商自然就嫌弃。只要有这种情况，宋水露通常全部买回来，自己再用看家手艺进行一遍加工，如此一来，也就可以存放得更久一些，等下一批客商再来收购时，将价格降一些卖掉，起码不至于砸在乡民手里。

宋水露认为，这也是一项功德。

5 /

做土特产生意，宋水露说自己很少有卖不出去的东西。他眼光独到，能采买到质量过硬的原料；有手艺加持，能保证深加工后品质更佳；随缘随意不贪心，卖得便宜一些，少赚一些，自然会有人愿意购买。村里的乡民每每有土特产，就自然而然想到宋水露，库存过多，伤脑筋时，也来找宋水露商量，老宋总是尽心尽力帮忙，想办法解决。但面对着乡民逐年外出，村里人越来越少的窘境，宋水露束手无策。

原来村子里人多，家家户户种植野菊花，收成不错。你种我种大家种，氛围就带动了起来。后来年轻人都出去工作，留下来的都是老人，规模一下子小了许多。这几年，种植的人更少了，产量也少了，最多时只能收两三千斤。最难的是工人的问题，雇工人要跑到南安一带去。宋水露说，2010年以前，还有三四十年代出生的老人来摘菊花，现在只有50年代生人的会摘，再年轻一点的人，根本不会来做这项工作。

由于人口外流，乡民越来越少，种植量自然就少；也由于没有人手来采摘抢收，所以有心种植的人也不敢种得太多。就在这样的客观情况下，野菊花大户宋水露的种植量和收购量，都在逐年递减。

但他也一直用心在为野菊花的生产扩容多方奔走，他走访了闽南附近的一些山村，寻求有可能的合作模式。2021年，他拿着野菊花苗去往金光湖，那个地方因为有本土旅游项目，村庄较少人外出，人手够多。多次走访后，谈妥几个种植人家，宋水露载了四袋菊花苗去，手把手教授种植方法。他们风风火火试种了两亩地，摩拳擦掌准备大干一场，不料天不遂人愿，幼苗初萌时下了一场大雨，全军覆没。当地农民受到打击，立马退避三舍，任宋水露再怎么说服都不愿意重试了。

宋水露没有气馁，他准备把种植的试验范围扩大，再去南安推广，看看自己曾经当制茶师傅的那几个村庄，是否人多，是否愿意种，是否种得好。虽然这件事仍旧还是一个很长线的问题，能不能成功是个未知数，但宋水露说，凡事就是尽力去做，结果随缘就好，不必苛求。能找到新的种植地最好，不能也没关系，自己的一亩三分地，反正会一直种着野菊花，量不多，是个念想，就这么一直种下去，种到不能种为止。

这是他对自己的一个交代。

技艺

1. 采摘

菊花的花蕾娇且嫩，采摘时食指与拇指要相配合，用指甲掐下花秆，尽量不碰伤花瓣，保持花朵的完整性。同时采摘季节和时间点也极有讲究，菊花采收时怕遇水，秋日天干物燥，最宜采收。

2. 水蒸

选出残叶及草屑，去梗，去叶。大灶起锅，烧柴生火，锅里放点水，等水开后，将野菊花平铺放于蒸篮上面。继续水蒸15分钟，然后起锅，散热。

3. 晾晒

蒸过的野菊花，均匀摊放在干净通风的地面，经受阳光与清风的晾晒，10天左右即成。这样直接晾晒的方式，成品气味较好闻，且做法简单方便。如遇阴天，也可采用自然阴干法——直接将野菊花摊在干燥通风的房间里，薄薄一层，不要铺得太厚，让其自然风干，这种方法时间需要较久，大约20天。但这样晾出来的花，颜色、形状和气味都非常好。

人淡如菊

  车至锄山，九曲十八弯，进村后忽然不辨南北，给宋水露打电话，他骑一辆摩托来了，先是带我们去了菊花田。小小的一块地，菊花开得烂漫，老宋的老婆和他的一位亲戚正在抢摘，她们计划这两天就全部摘下来，以防天气突变。边聊着天，老宋边喜滋滋下田，把采摘好的菊花倒入麻袋，拎着袋子带我们往家走。

  老屋前院，正铺呈着一地晒得半干的野菊花，骄阳之下，有种熏人欲醉的淡淡香味。老屋的后门，大锅支起，灶内添柴，满锅水咕噜噜滚开，宋水露支上蒸篮，封上锅盖，菊花的锅蒸步骤，这就开始了。

  蒸花的间隙，宋水露烧水，给我们各泡了一杯菊花茶。而后，又开始洗杯刷壶，浇灌自己的两个茶宠。茶宠油光发亮，显然受茶水恩泽许久，如同茶人养壶，都是有闲情有逸趣，才能静下心做的事。

宋水露问我们要喝什么茶，他说，料想除了茶叶店，没人比他家的茶叶更多，红茶、白茶、普洱、铁观音，想喝什么应有尽有，宋家盖新房子时，地下室专门空出来了一层，用来制茶和存茶。

说起家庭，宋水露很满意。他说自己在2007年时，把一辈子的任务都完成了，接下来有多少钱干多少事，并不强求。问他何解，他答："人一辈子有三个最重要的任务，嫁女儿，娶媳妇，送父母上山头，其他儿孙自有儿孙福，父母不用挂怀，也不用介入太多。"儿女们每两周回来一次，一家人其乐融融。有时候，听朋友抱怨儿女不好，宋水露则会说，小辈人不乖，是父母的责任，他的坏，都是你教的。联系实际来看，确实是这个道理，儿女大多以父母为榜样，儿女只是复印件，父母才是原件。

问宋水露未来有什么打算，他说会继续做自己喜欢的事。从16岁喝茶到现在，注定与茶为伍。只要和茶打交道，都是让他觉得开心快乐的事情。

居深山，种茶赏菊，实是人生一大乐事。宋水露的禅意与随缘，或许来自天性，或许也因为制菊花是个很精细的磨心性的过程，一次成品收获就是一次修身养性，故而能够让人更容易静下心来。采菊东篱下，种菊如养生，不管多与少，喜欢就种点，也并不要求一定要大富大贵，做点善事，积点德，就是目前宋水露认为的很开心的状态。

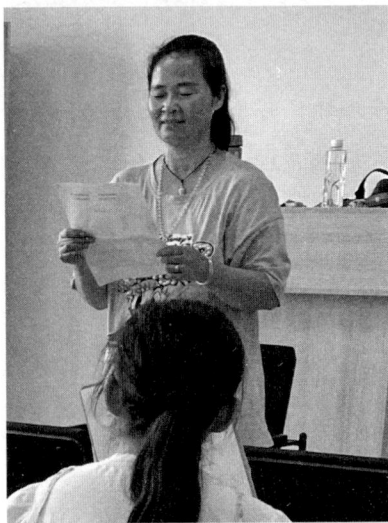

林惠真

省级歌仔说唱传承人。

林惠真：矢志传承"荷叶说唱"

"荷叶说唱"，闽南地区特有的歌仔说唱艺术形式，以其道具"荷叶"命名，用竹筷快速敲打荷叶状铜钹伴奏。说唱时，需要演、奏、击，节拍明快，节奏感强，才能很好地表现情节紧张、斗争激烈的生活内容。

"荷叶说唱"形式活泼，气氛热烈，表演形式多样，有一人多角，化出化入；也有全体乐队参与，主演者边演唱边伴奏；还有伴奏乐队中的部分队员陪衬主演，跳出跳入；等等。2004年初，厦门"荷叶说唱"登上了中央电视台《曲苑杂坛》栏目，令观众耳目一新。

1

说起林惠真的"荷叶说唱",便不能绕过一个人。这个人是她的父亲林赐福,也是她学习"荷叶说唱"的启蒙人及大师傅。

林赐福生于1935年,为集美首位歌仔说唱省级非物质文化遗产代表性传承人,13岁在芗剧团演小生,27岁学"荷叶说唱",师从"荷叶说唱"大师苏朝润。多次获得福建省曲艺会演个人表演金奖,其艺术成果得到省、自治区、直辖市相关负责人的重视。在他的影响带动和努力下,集美镇前场村被厦门市列为"歌仔说唱传习中心""民间曲艺示范点"。2010年,他获厦门市"从事文艺工作60年荣誉奖"。

林赐福视"荷叶说唱"为生命,女儿林惠真承父衣钵,也将其当成了一生所爱,32年,她传人悦己,热爱不减。

1985年,林惠真15岁!豆蔻年华,青春飞扬,她在集美镇前场村的广播站上班,每天清晨,她从家里出发,穿越一大片农田,很快便能到达上班的地方。广播员的工作极轻松,传统的老唱机,十余部传统芗剧剧目,只需每15分钟换一次唱片，芗剧的曲调便会经由高音喇叭，传播到田间地头。村民在田里干活，耳朵间或听着芗剧；老人妇女在家里忙活，也喜欢听听《吕蒙正》。那个时候，林惠真是村里的风云人物，人人都认识她，路上碰到了，会熟稔地问她："惠真，明天播什么戏呀？《三凤求凰》我觉得可以再播几遍，真的太好听了。"

十余部戏，翻来覆去，林惠真经常听，会跟着哼唱，慢慢也有了兴趣。加之父亲是当地有名的"戏状元"，家庭环境的潜移默化，让林惠真对戏曲有了浓厚的兴趣。

当父亲林赐福提及让林惠真也加入"荷叶说唱"学习队时，林惠真满口答应。家里常年都有人来找父亲学习，有的一学就是两三年，父亲很是热情，管吃管住，十分尽心。可以说，"荷叶说唱"是自小伴着林惠真一起长大的，她一点也不觉得陌生。

2 /

但听与唱，看与学，实在是差别很大的两回事。刚开始学习的时候，林惠真无论如何也拿不好道具。她当时长得还较瘦小，手指无力，而"荷叶说唱"需左手拿竖板和铜钹，右手执竹筷子敲击，配合着乐器演奏才开始唱起。说唱对于林惠真来说不难掌握，难就难在左手的竖板和"荷叶"的配合上。最痛苦的当数左手，要拿着竖板，还要托着"荷叶"。敲动起来时，虎口震得生疼，板也把持不住，拿久了手酸痛得抬都抬不起来。而且，说唱时要左右手协调，如果"荷叶"拿错了，林父便会用竹筷子直接打过来。

在女儿林惠真的记忆里，父亲林赐福在传授技艺上，对她的要求很严格，手把手地教，劈头盖脸地骂，每一处腔调、每一个动作都要求到位。林惠真心里有许多的不满和不服，抱怨父亲为何对其他弟子和蔼可亲，而对自己却凶得像变了一个人。很多年以后，惠真才明白，父亲对自己，饱含着比其他弟子更深的期许和希望。

林惠真的执着劲也上来了，她把道具带到广播室，有空就练，刚好有芗剧播放，她关闭话筒，在广播室里不停地跟着曲调练道具，连最爱的毛线也不织了。上午两个小时，下午两个小时，除去换片时间及上厕所，雷打不动，每天如此。回到家里，吃过饭又躲在自己房里继续练，一首曲子一天有时要练习上百遍。

林惠真的用功，父亲看在眼里，他开始帮女儿定剧目，准备参加比赛。

1990年，厦门市集美区杏林杯曲艺邀请赛来了。那时候林惠真20岁，与闺密演绎剧本《祖家亲》，该剧讲述台湾和大陆"两岸一家亲"的情缘，由林惠真扮演大陆的一位记者，帮台湾寻根团寻找亲人，后面终得大团圆。故事里的真情实感，很是感人。

父亲林赐福专攻曲目、唱腔，还请了导演精雕动作和队形。排练时间无限拉长，道具很重不好拿，林惠真的左手虎口磨到起泡也不敢吱声。那时候，林惠真已经长大，也懂事了。很累的时候，她就拿父亲的事例来激励自己。林赐福不识字，念剧本全靠一字一句地问，做记号，再慢慢背下来。他也没学过简谱、五线谱，对于那些曲调，全靠耳朵听，在乐器上一遍遍摸出来。就是用这样最草根的方式，父亲的节奏点又准又狠，剧本念白说唱无一差池，林惠真对父亲的敬佩，随着了解的深入，越来越强烈。

那次比赛，林惠真的《祖家亲》获得第一名，这给了她极大的信心。

3 /

1995年，广播站结束了服务，广播线全线撤除。林惠真不能再天天听芗曲、练说唱了。这时，她已经结婚，换到村里的另一个岗位，环保协管员，生活拉着她往前走，好像离"荷叶说唱"越来越远了。

但有一些东西学了以后就不会忘掉。闲暇在家，林惠真常会把"荷叶"拿在手上，当作娱乐敲给小孩子听，父亲在村里表演时，她也总是要放下手中的活计，跑过去津津有味地看。

林惠真清楚记得父亲林赐福敲"荷叶"的样子，节奏非常快，卡点特别准，唱得极好听。他的作品一直紧跟形势，从以前的抗旱、计生、征兵等，到后来宣传社会的新发展、新变化，宣传党的新政策。他经常为村民表演，从来不计较什么报酬，为村里义务演出几十年。村民们非常喜欢看，也招呼林惠真与父亲同台表演剧目。

2002年，林惠真陪父亲去福州参加"福建省第二届曲艺节"比赛，在《邓小平巧用葫芦兵》中，父亲一人分饰多角，在邓小平、小兵、两个国民党的师长等多个角色间来回转换。这样的表演难度很大，动作、表情、声音都要在短时间内快速切换。那个节目，最后包揽"创作金奖""演员金奖"两个大奖。林惠真看着台上父亲神采奕奕的样子，一时间感动莫名，父亲已经60多岁了，他为了自己热爱的梦想，不遗余力地前行。奋斗，坚持，得到最大的成就感，以此充盈自己的生活。自己为什么不能这样呢？

林惠真在父亲的鞭策下，又重新振作起来。2002年，她在《中山路枪声》中一个人出演多个角色，用站位、动作、表情体现出不同人物的心理特点；2008年，林惠真与父亲同演《陈毅拜访陈嘉庚》，获演员铜奖、节目银奖……每一份付出都有收获，当荣誉接踵而来，林惠真找到了成就感，也更坚定了"荷叶说唱"为自己一生热爱。

4 /

2008年，林惠真被评为市级"荷叶说唱"传承人，两年后又晋升为"荷叶说唱"省级传承人。林父反复叮嘱林惠真说："不管多难你都要传承下去，'荷叶说唱'不能在我们手上断了。"父亲的话，林惠真一直记在心上。她物色人选，只要有人愿意学，她就免费教。如原来的父亲一样，学生到家里来学"荷叶说唱"，林惠真都尽心尽力辅导，到了饭点还免费管饭。

为了向年青一代推广"荷叶说唱"，林惠真做了不少尝试。她在康城小学组织了一个40人的兴趣社团；在前场曲艺队召集了一批30~40岁的队员。"前场歌仔说唱传习中心"挂牌后，先后开了两三届培训班，这些学习者中，有大人也有孩子。以前，只要下乡演出，父亲林赐福都刻意琢磨如何吸收一些爱好者。演出完毕，他还专门有个保留节目——在台上招生，用"荷叶说唱"的方式传达免费教学的福利。林惠真也是一样，她自学短视频制作，利用一些新颖的方式传播老手艺，期冀能用年轻人喜欢的传播方式，让更多的人一起爱上说唱、传承说唱，把"荷叶说唱"代代传承下去。

技艺

1. 念白

学"荷叶说唱"，一般先从闽南语念白学起，先过语言关，才能进入下一个环节。本地学员因为从小受语言环境熏陶，所以通常进入得更快，而外地的学员，则需要一两节课的时间，才能将基本的念白唱下来。

2. 唱腔

念白学完，就要开始攻克歌仔戏的唱腔。老师一般会因剧制宜，根据一个剧本的唱腔来逐一教学生。学生也可以上网查找常用的七字调、杂嘴调、卖药调、四腔调等，平时多听多磨耳朵。这样才能在短时间内学会唱腔。

3. 道具

学习"荷叶说唱"，最难的是学道具，道具都有一定重量，双手把持时会有压痛感，需要克服。开始学习时，首先要将竖板和铜钹在左手上拿好，右手持筷子，拉开架势，然后根据调子的不同，边听边学习敲击乐。通常需要三四节课的时间来进行学习和强化。

4. 曲调

道具学会后，要运用它将调子理清楚，达到能伴奏的级别，最后再跟歌曲试做搭配，必须配合十分紧密，才悦耳好听。如果碰上学员对曲调不熟，根本理解不了韵律，那么师者就需要额外开小灶，把道具的击打音和曲调先做有机结合。

5. 队形

舞台上的呈现需要美感，排队形是关键一环，横排或斜排、圆形、三角、梯形……都要根据舞台和人数、腔调和唱词来对应。排好后，还得根据自己站立的位置来做云手、拉巾动作。

"荷叶说唱"催我进步

　　和林惠真约在文化馆采访，因为当日有两场，于是约了早晨的时间。惠真从前场赶来时，背着个硕大的包，里面齐齐整整放着所有表演的道具——竖板、铜钹荷叶、竹筷等，下面还有鼓鼓囊囊的演出服。我猜那是她的表演包，应有尽有，一背就走，很是节约时间。

　　看林惠真的朋友圈，你会发现，她一直很忙。要进社，要下乡表演，要制作PPT进行培训授课，还要自己编写剧本、传播知识。

　　关于剧本和"荷叶说唱"的关系，林惠真说，"荷叶说唱"也要与时俱进，有所创新。以前的"荷叶说唱"多围绕抗旱、征兵等展开。但这些题材离年轻人很远，好演员也需要好剧本，好剧本才能更好看，才能吸引人。林惠真每天都要读书、看报、看视频，遇到好的题材，她就要赶紧记下来，改写成押韵的、通俗易懂的形式，这样唱出来才有音律美感。

　　林惠真在厦门市集美区康城小学、后溪中心小学开设了"荷叶说唱"兴趣社团，每周，她都会前去为孩子们上一堂课，传授"荷叶说唱"的技艺。授课时，林惠真发现，有些学生是外地人，并不会说闽南话，学习"荷叶说唱"的难度很大。于是，她向儿子学习PPT制作，将剧本用闽南语一一注上音，再拍照扫描上传，上课时一一播放。经过长时间的练习，他们的闽南话发音变得十分标准，林惠真十分欣慰。而她的PPT制作水平也变得越来越高，连视频剪辑等她都玩得很"溜"。

　　1970年出生的林惠真，早已过半百之年。但她看起来容光焕发，精神状态极好，对各项事物的学习热情也很高。"表演'荷叶说唱'离不开大广弦、壳弦、二胡、二弦、三弦、月琴等乐器伴奏，现在会演奏这些乐器的人已经不多了，我想陆续把这些乐器学起来，慢慢来总是可以的。"

　　林惠真说，她很感恩"荷叶说唱"，她认为自己所有的成就，都是"荷叶说唱"带来的。虽然囿于传统老手艺的领域，她没有更多的时间和机会出去闯荡世界，创造事业上的更多可能，但"荷叶说唱"给她带来的静心、成就与自信，以及对她不断的鞭策，都是她一生难得的收获与力量。

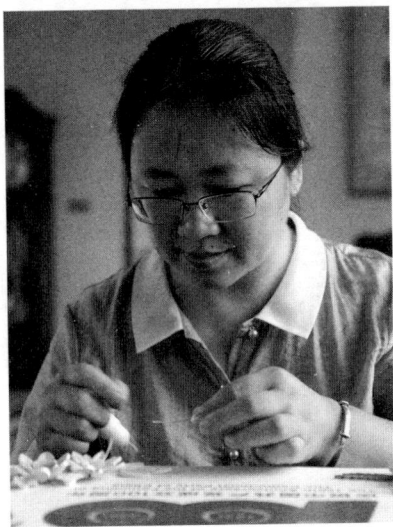

陈宝珍

中国民间文艺家协会会员。作品
多次获奖，常受邀参展文博会、
纸博会、手工艺品展等。

手工盘纸技艺

陈宝珍：指尖开花

　　盘纸，又称衍纸，自唐代即兴起。据说，在英国大不列颠博物馆陈列着的折叠纸花，就是唐代的作品，故又有"东方盘纸"之称。

　　盘纸的手法类似于中国传统技艺"盘扣"，以折叠、迂回、缠绕等方式，做出纸张独特的肌理效果，并将纸自身颜色搭配作为基础元素，运用创新和想象，将一根根纸条制作成一件件精美工艺品，讲究形状及流线之美，被誉为美好的古老指尖艺术。

　　现如今，盘纸所流传下来的传承人非常之少。全国范围内，依然在这个行业里坚持的，仅遗少数几位，实属凤毛麟角。

1 /

陈宝珍出生于著名的农民画之乡——福建省漳平市新桥村。这个地方历史悠久，文化发达，在建县以前就出过许多文人，人们在耕作之余，喜欢挥毫泼墨画上两笔，七色音符谱写的一曲曲乐章，自然奔放，感染着这方土地上的乡民。

陈宝珍一家人也是心灵手巧，手工能力极强。爷爷会用纸片做成流苏状的窗帘、放首饰的纸质小盒。父母会做各种各样的藤编，晒菇子的容器，从大到小都由自己来创想编织。家里需要什么，往往不是想着去买，而是就地取材，亲自动手。

陈宝珍很小就会织毛衣毛鞋各种手工，也常学着乡亲们作画。上了小学后，便开始跟着爷爷学做纸艺。她第一次学习做的是"纸窗帘"，家里面用过的挂历纸，先裁成大小适中的纸片，根据自己喜欢的配色，用水彩笔上色，然后再用牙签一个个卷好，插入铁丝线，反扣成一个个小零件半成品。先做成一大堆，再慢慢串起来，形成美丽而精致的纸窗帘，用于装扮自己的房间。

小小的陈宝珍，耳濡目染，对色彩十分敏感，也具有一定的审美，小手灵活，手工制作自然不在话下。她向爷爷学习盘纸的技艺，却又比爷爷多出了许多的创想，她选择光亮硬挺的挂历纸，先是以纯白的反面为底色，再用水彩笔一层层上色，为了做出流线的波纹效果，她画了草图，正中位置的一圈玫红色与嫩绿穿插，做完小组件后，再根据草图绘制的层次，按颜色的区别去给组件做串联。这样，做出来的窗帘就有了各种颜色的有序流动，比老人家做的更显自然生动。

　　第一件窗帘做完挂上，陈宝珍赢得了左邻右舍的许多赞美，她自己也觉得特别有成就感，又想着去做门帘。挂历纸用完，就用作业纸，一张张裁下来，太软就两张叠用，自己的用完了就开始用弟弟妹妹的。小小的陈宝珍，每天都有不同的想法，想到什么就赶紧做出来，那段时间，家里常常飞扬着各种纸片，地瓜粉也用得特别快，一杯地瓜粉拌成糨糊，两三天就用得底朝天，引发母亲的许多牢骚，宝珍却乐此不疲。

2

初中毕业后，陈宝珍随便读了个中专，家里弟弟妹妹多，她想上高中读美院学画画的理想，只能暂时搁置下来。

毕业后，陈宝珍辗转了许多地方，在工厂打过工，在超市当过导购员，也做过培训组长等，不是自己喜欢的工作，自然无法发自内心去热爱。她一个人经受着生活扑面而来的烦躁和琐碎，每日郁郁寡欢。夜里静下来，陈宝珍又把纸拿出来，裁剪盘贴间，她的手下重新出现了一片属于自己的美丽新世界，心里的苦闷似乎也被小小的一张纸轻松治愈了。

陈宝珍重新疯狂地爱上了盘纸，她把自己当时所有的业余时间，以及很大一部分工资都用于这项小时候玩的技艺，引发了家里人的反对。母亲觉得玩纸不能当饭吃，既浪费时间，又浪费金钱，还把家里搞得乱七八糟，实属玩物丧志，得不偿失。

但陈宝珍不这么认为，她觉得纸开导了自己，让自己能够静下心来表达心里的憋屈。做出来一个作品，内心轻盈而放松，以纸为间，和芜杂的生活划出了边界。

那个时候，陈宝珍已经认定，盘纸会成为自己一生中最重要的东西。

3 /

2005年，陈宝珍辞掉老家的工作，随先生来到厦门。陌生的城市，不如意的工作，随着孩子的出生，宝珍渐渐退居家庭，平时除了带孩子，就是做盘纸。先生起初很支持她玩纸艺，他认为家庭主妇有个爱好，能够平衡带孩子的烦躁，给生活带来点乐趣也挺好。但先生渐渐对陈宝珍的过度痴迷产生不满，她不是在玩纸，而是把盘纸当成了生活的全部，经常一屁股坐下去，半天都不起来，非得把手上的盘纸全部做完，否则就收不了手。常常做到凌晨一两点都不睡觉，长期的伏案工作，陈宝珍的腰间盘和颈椎都出问题了。

有一回，陈宝珍创作一幅《荷塘风光》，已经做到收尾环节，因为花心的黄颜色不正宗，她决定拆了，再用别的颜色来剪裁绘制。由于时间较紧，她自己沉浸进去后，连饭点都忘记了。先生那天加班，回来时已经晚上9点了，锅冷灶空，女儿的纸尿裤鼓胀成了圆柱状，书房昏暗的灯光下，陈宝珍对这一切浑然不觉，他们发生了婚后第一次激烈的争吵。事后，陈宝珍也意识到了自己的错误，但要让她放弃盘纸，似乎也很为难。于是，她买了一个响铃闹钟，坐下去开始做盘纸时，一定要设定好闹铃时间，只要闹钟响了，就起身去干活。

先生慢慢又被她感动，看她爱纸成痴，只好默默接受，但只要到点没睡觉，他立马要唤，出差了也会电话遥控提醒吃饭。他还开玩笑说，要在家里装个监控，专门检查陈宝珍是不是又在超时超量过度盘纸。

4 /

女儿慢慢长大，陈宝珍倾注了很多心力去培养，孩子从大班开始学画，也跟着妈妈学习盘纸。童年的世界更有想法和创新，小小的女儿用盘纸做出皮卡丘、蓝猫等各种各样的卡通作品，十分俏皮可爱。有时，当陈宝珍不知道用什么颜色时，娇憨的女儿会凑过来，给一些配色和构图上的建议，天真的童言童语，却总是能够建议在点子上。与纸相伴的亲子时光，安静而美妙，先生也发现女儿跳跃的性格变得沉静，每次她坐下来做盘纸，那个动如脱兔的小姑娘不见了，一下子就变得十分静心。慢慢地，先生也加入了队伍，接纳了盘纸，也不再持反对意见。

但陈宝珍自己却忐忑了起来，女儿上学后渐渐自立，不再需要全身心的陪护，她也有更多的时间。到底是出去找个工作，还是继续坚持盘纸事业，宝珍心里没了主意。在家玩盘纸已近10年，完全没有一分收入，全靠先生一人赚钱养家，再继续这样下去真的可以吗？陈宝珍打起了退堂鼓，开始投简历找工作。

2015年5月的一天，陈宝珍认识了一位做保险的朋友，这位朋友第一眼看到宝珍的盘纸作品，便惊为天人，她订下了一个"福"字，准备送给刚搬家的客户。问及价格，陈宝珍答不上来，这幅中国最有特色的"福"字盘纸，高50厘米，宽60厘米，前前后后做了一星期，辛苦自不待言。但究竟定多少钱合适呢，她自己心里也没底，担心如果收得贵了，会不会以后连朋友都没得做。让她喜出望外的是，朋友收到作品时非常高兴，连声夸赞，过了几天还特地打来电话说，她的客户把"福"字挂在了自己新房的大厅，还定下了一个保险大单。客户说，手工的价值是情义无价，这比送任何有价的物品，都让人觉得开心。

陈宝珍也被深深地打动了，她对于自己的盘纸事业，又重新燃起了信心。为此，她上网上图书馆查资料，了解盘纸的一些文化历史，以及国内市场的情况。她主动去联系散落在各处的盘纸手艺人和爱好者，建了一个400多人的盘纸群，当她知道全中国以盘纸为业的匠人正在逐年减少，如今只有四五十人在坚持时，她在心里坚定了自己的信念，一定要把盘纸工艺发扬光大，一代一代地传承下去，让这门老手艺重新焕发光彩。

5 /

2016年，陈宝珍开始走出去办各种公益讲座和社团课。2017年，她在外图书城楼上开了间小小的工作室，教小朋友，并顺带出售一些作品，而后又搬到文化艺术中心。同年，外图集团跟厦门文旅局办了第13届图书交易会，邀请陈宝珍前去参展，并现场教小朋友体验。

宝珍之前积累的100多幅作品，终于登上了大雅之堂。在厦门美术馆的三天展览，很多人都以为是油画，没人知道是用纸做的。宝珍就不厌其烦地介绍宣传，也不遗余力地教授徒弟，做传承和传授工作。

女儿同学的妈妈，因为家里要装修，想要有一个自己的盘纸作品，找陈宝珍学习了一段时间，上手挺快。但她家里开着一个图文印刷的店铺，平时较忙碌，爱人不支持。宝珍爱才惜才，亲自登门去做工作，她说："你爱人心灵手巧，一些技法都学得很纯熟，放弃真是很可惜。店里面的活，你辛苦一些，老婆时间分我一些，我也会尽我所能给她发一些补贴。"男主人被她的真挚打动，果然在家承担了大部分家务，并照顾两个孩子，同意让老婆和陈宝珍继续学习精进盘纸技术。

可是，盘纸毕竟太耗时间，除了学会基本技法，还要花很多时间来想象创作，当作工作和事业显然非常难，找陈宝珍学习的很多人中途都放弃了。这让陈宝珍觉得很失落，盘纸能不能让市场广泛接受，能不能作为日常用品进入大家的生活，都是任重道远的事。宝珍觉得自己有责任和义务去执行去宣导。

她极力探索盘纸更多的可能，既做平面盘纸，也做立体款，高低不同，错落有致，形成独创的抽象画风格。这样的手法，由于距离要一样大小，所以每每要量到刚好，花费更多时间。陈宝珍用这种手法做成的一幅作品，已被厦门当代纸艺文化馆的馆长李明伟独家收藏。

盘纸这门费工费心的指尖艺术，难就难在把二维图案变成三维立体的构思。陈宝珍一直在手法、工艺和用纸上进行迭代，呈现上也力争创新；她希望中国千百年来优秀的传统文化，唯一的盘纸艺术，能够一代一代地坚守和传承下去。

而她自己，一直很希望为此尽力。

技艺

1. 备

准备制作盘纸所需要的工具、材料：剪刀、卷笔、圆尺、镊子、小刷子、胶水、胶盘、彩色120克纸张、250克以上厚卡纸等。

2. 裁

将120克彩色纸用尺子量出5毫米宽度，再用剪刀或美工刀裁成5毫米宽细长纸条，备用。

3. 卷

左手拿纸条，右手握住卷笔，将纸条的一端垂直插入卷笔的槽缝里，用拇指与食指同方向转动卷笔，直至纸条卷完，用右手食指顶出所卷的零件，便形成一个紧卷。

4. 捏

将紧卷放在圆尺的其中一个圆圈里散开，形成一个有均匀纹理的圆圈，即散卷，用镊子轻轻夹起来，左手拿住，右手放下镊子后，捏出所需要的形状，比如水滴形、眼形、叶形等。

5. 剪

根据制作的零件大小的需要，通过增加或剪短纸条的长度，用1厘米宽纸条从一侧剪出1毫米宽的细条，留2~3毫米不要剪断，直至这根纸条剪完，再用卷笔卷起来，形成花蕊。

6. 组

将所制作好的单个零件，根据配色需要，零件之间靠胶水粘住，组合形成花朵、叶子等形状。

7. 捋

要用纸条体现画面上的线条，使用食指与拇指之间的指腹，捋出所需线条的形状，并使线条流畅，再用胶水刷在纸条侧面，粘在厚卡纸上。

8. 盘

制作波浪卷时，可将5根纸条的一端并排在一起，纸条之间刷上胶水，用镊子夹在一端，同方向盘卷几圈，再散开，调整纸条与纸条之间的宽度，根据长短需要，剪断多余的纸条，用胶水把纸条末端粘在一起。

9. 粘

将所组合好的零件，根据想要制作的图案位置摆上，背面刷上胶水，粘在厚卡纸上，等胶水干后便形成有浮雕般立体效果的盘纸作品。

10. 成

检查画面的整洁度，没有问题便可装上画框，既防尘又防潮，让作品得以长久保存。

盘纸，是一种享受

绕了大半个城，来到位于曾厝垵的厦门当代纸艺文化馆。海边的午后，像一个不真实的梦，唯美而静谧，走进馆里，感觉尤甚。

楼下，大幅的中国地图，层层叠叠团簇在一起，如果没有专人讲解，你根本不敢相信这幅长2米宽1.5米的凹凸有致的纸艺画，全部是用纸折出来的。这幅取名"壮丽山河"的作品，前后花费了一年半时间，共使用两万多根纸条，结合盘纸技艺的20多种方法制成。56种颜色，代表56个民族团聚在一起，每个省份还用不同颜色不同形状体现，整幅作品色彩十分绚丽。

拾级而上，更令人赞叹，右侧的墙面，挂满了陈宝珍的手工盘纸作品——《荷塘春色》《粉蝶嬉戏》《改革开放40周年献礼》以及《邓小平南方谈话》等。各色作品，缤纷，出彩，牵引着我们向前，配色、工艺、视觉等，均美不胜收。

陈宝珍在二楼工作，她的面前，镊子、剪刀、胶水、针……各种颜色的纸张，精彩纷呈，在午后的阳光里散发着微微的光，有着瓷器般的质感。她用笔卷纸，拇指和食指一直得控制着纸的走动，左手大拇指因为长期把持，已严重脱皮。虽然，现在的卷笔也有了电动的功能，时间上可以加快很多，手动卷时要花一分钟，机器几秒钟就好了。但电动卷的纹理没有手动卷得好，均匀程度有区别，一圈圈的纹理出来后，在成品时美感削弱很多。所以这么多年，陈宝珍一直坚持用手工来卷纸和盘纸，也因此，她的作品更加细致，可以保持更久的形状与风格。

陈宝珍很娴静，话不多，回答问题很朴实。聊起做盘纸的一些故事，她也只是说因为喜欢，喜欢做，喜欢玩，心里的热爱像一团火，每天都要做，必须把内心的想法实现出来，较小幅的作品她都是当天完成，根本不愿意留过夜。灵感来的时候，有时半夜三更还要爬起来，画草图，搭框架。

做盘纸的过程中，陈宝珍感觉自己心很静，外面世界的浮躁，以及生活中的烦心事似乎都遁去无形，在纸的世界中，享受与自己的对话，享受纸张所带来的千变万化的美。醉心于手艺，考验自己的创意、静心、严谨，以及沉得住气的坚持，这是陈宝珍对自己的要求。

她乐于享受自己与纸的纠缠与钻研，不逛街，不闲聊，很不合群地活在自己的纸艺世界，被朋友笑话越来越孤僻，却一直甘之如饴。

洪秀鹤

闽南面茶制作者。

闽南炒面茶技艺
面茶阿嬷洪秀鹤

面茶，闽南传统古早味的一种。它不能用顾名
思义的逻辑去理解。面茶里，既无面，也无茶，而
是由一种经过炒制的粉，再加配料而成的"懒人"
早餐。

传说，明嘉靖四十五年（1566年），倭寇入侵，
戚继光领兵打仗时，为了不让士兵挨饿，便发明了
一种用谷、糖、油混合而成的炒面，装于布袋中，
士兵饿时，可直接和水进食。社会更新换代，食物
推陈出新，当年青一代热衷于各种洋快餐时，已经
很少有人会想起面茶。而在厦门市翔安区新店镇，
还有一位耄耋老人，她坚持着面茶的制作、研发，
并不断找寻着创新的思路和想法，以期让更多的人
来了解传统美食，养身，养心，爱上古早的味道。

1 /

1943年，洪秀鹤出生于厦门市翔安区新店镇，她从小命运坎坷，3岁时父亲去了"南洋"，她跟着母亲相依为命，基本没得到过父爱。和妈妈在家族中常常遭受冷眼，做任何事情都要靠自己，并无人来帮衬，洪秀鹤因此养成了坚强和坚韧的性格，一个人半工半读完成学业。

初中毕业后，洪秀鹤先是当老师，而后又去村医务室当乡村医生。1978年，国家允许搞个体经济，她开了个豆腐坊，批送至南安、石井等地，生意做得很大，吸收了十多名残疾人就业，三次被评为厦门市劳动模范，1986年便成了万元户。也就是从这一年开始，洪秀鹤开始自掏腰包扶贫助学，数十年如一日，把当年足够盖一座别墅的8万元钱，全部捐给了新店小学，被称为翔安远近闻名的"爱心奶奶"。

家里的生活慢慢好了起来，吃穿用度早已不用发愁，但为了捐资助学，洪秀鹤依然十分勤勉，她每天辛苦劳作，落下一身职业病，肩颈背均有了不同程度的损伤。当时，有个老师傅在新店做面茶生意，他看洪秀鹤的状况，便跟她说：

"做豆腐是重活，一天500斤，量很大，很辛苦。如果你有兴趣，我来教你做面茶，同样是手工活，但会轻松很多。"那时候，豆腐坊越开越多，竞争慢慢激烈起来，洪秀鹤的身体也落下了许多职业病，她决定听从老师傅的话，转行去学做面茶。

2 /

面茶之味美，炒面粉是关键，要将面粉摊在大铁锅上，不断地翻炒，小火加温，炒至金黄色才算成功。这需要肩膀带动手一起动作，时间上要保证，需要费不少劲。洪秀鹤的身体由于长年做豆腐干重活，已有严重肩颈劳损。大约学了一周后，症状加重许多。肩颈影响颈椎，又引发了头疼头晕，洪秀鹤在床上躺了好几天。

但洪秀鹤生性聪颖，性格里的坚韧使得她不愿意轻言放弃。再说，做面茶还算是轻巧的活，比起豆腐坊已算好了许多。她思前想后，专心酝酿改革之法，夜里躺在床上睡不着，又爬起来，她把面茶的几个重要步骤——盘算，寻找合适的工具以及更巧劲的做法。

功夫不负有心人，洪秀鹤终于想到了用烤面包的烤箱来代替一部分人工。首先把炒香的面粉放至烤箱中，调至合适温度，将面粉中的水分再次烘烤，达到100%干燥。配料的混合，洪秀鹤也想了办法，手工混合不仅费时费力，而且没法充分紧实。而馒头机的力度正正好，可以用来做混合及压实的动作。为了不让面粉四处喷溅，她还叫师傅专门做了不锈钢板，敞口大，很干净，很适用。

3 /

工具备好后，洪秀鹤又开始研究用料。面粉要用一等精粉，虽然价格比普通面粉贵了很多，但一分钱一分货，贵有贵的道理，贵点也值得。花生要选当季新鲜的，霉变及不新鲜的坚决摒弃，白糖更是要选品牌厂家的正规包装。洪秀鹤说："做食品，一定要保证干净安全，不能害人，不然对不起自己的良心。我以前做豆腐时很抗拒用石膏，坚持用盐卤，吃过的人都说口感非常好。"

每次做完一批面茶，洪秀鹤总要自己留一瓶样品下来，主要用于观测品质、口味，以及保质期能有多长。她认为，只有自己亲身试验过才知道东西好坏，也可知此批面茶的保质期大概多久，以及何种保存方法才能确保食物的性状不变。

面茶的收尾工作，洪秀鹤一般要由自己来进行。清洗，晾晒，消毒，把工具刷好晒干，把盆子擦拭一新，每一只提桶都要反复清洗。在她的潜意识里，工具不能留有一丝水汽，湿润容易滋生细菌，没洗净晾干，下次再使用时会有股怪味，没办法做出好东西。对卫生的坚持，除了是对食品安全的重视，也是洪秀鹤个人的习惯和讲究。

4 /

80岁高龄的洪秀鹤，整天风风火火忙个不停。身体劳动的同时，头脑也在不断地劳动，以传统的猪油和葱头作为配料之余，她经常探索和研究新品种：针对庙里吃斋的师父，以及那些素食主义者，是否也应该为他们开发适宜的面茶呢？

经过数番试验，洪秀鹤研发出了生姜+植物油的组合，少油少糖，理气健脾，还具备祛湿和疏寒的功效。两种产品并驾齐驱，上市时顾客各有所爱，无形中又开发出了一小片市场。

面茶的包装，也是洪秀鹤一直想改良的方向。一次性塑料盒装的方式，短途自取没有问题，但不适宜长途寄送。有一回，莆田一个客商，慕名来翔安找洪秀鹤买面茶，尽管已经做了多重防护，包装也塞得很紧密，但回到莆田后，还是散了架，一盒倾倒得只剩下半盒了，洪秀鹤急着给人家退钱，人家却说什么都不愿意收。这件事给洪秀鹤很大的触动，她年没过完就赶紧四处打听，亲自去实地调查找了许多包装方式，终于决定自己买包装机来封口。先装1斤袋，再分装成小包，取用及携带方便了许多。

莫道桑榆晚，为霞尚满天。关于面茶工艺的制作，洪秀鹤一直在总结并实践自己新的想法和心得。虽然是古早味，但"古早"只是代表它的基因，并不一定就是老的、陈旧的、墨守成规的。洪秀鹤希望自己不是一个封闭的存在，她每天都通过各种方式与外界联系，看报，看微信，养花种草，呼朋唤友，兼收并蓄去理解和体悟新的思想新的生活方式，以期能够让古早味焕发出新的光彩，更好地融入现代人的生活。

这是洪秀鹤的心愿，也是她持续坚持的方向。

技艺

1. 古早味大多是看天吃饭，自然条件为第一要务，面茶也是如此。首先要观察天气，提前看天气预报，如若接下来有三四天的好天气，洪秀鹤就要开始剁葱头，切姜末来晾，必须晒至干透，密封不透气才不会返潮。这样，才能保证下油锅时的清香与原味。

2. 准备工作也要很齐整，备料是第一位，要将黑芝麻用极微的火慢慢炒至香酥脆，花生亦如是。统统用传统的石臼分门别类碾碎，分装至不同器具中。不能久存，需得现做现用，否则容易变味。

3. 大锅微火，加热至适宜温度，锅干燥，下面粉，低温炒制30分钟左右。这道工序最要注意的是火候，以柴火为最佳。如是用煤气灶，则要调小火，不停地翻炒，避免底部烧焦。这个步骤很考验手法和时间，夹生不香，太焦了也不好，口感发苦，整锅就要作废。

4. 面粉炒制完成，分成素与荤两种做法炸调味料。一是传统做法，热锅，入猪油，直至融化成流动状，将葱头放入，炸至金黄。临起锅时，倒入酱油提香，而后盛起。此为荤食做法。二是洪秀鹤为素食者专门研发的另一种做法，用花生油炒制姜末，出香味时即盛起沥油。

5. 两种做法均需放入白糖，粉与糖量比约为 1：0.7。据洪秀鹤介绍，原来粉糖比例均为 1：1，而现代人讲究少糖，所以也相应做了调整。糖与素食的姜末，和荤食的葱头，在盆里做充分混合，再倒入炒制好的面粉拌匀。

6. 混合好的各种配料，手工搅拌均匀后，需要放入石臼中充分地捶打，或用压条机来回地滚压，才能压碎小结块。而后，需统一装至不锈钢桶中，压实压紧，让空气排出，并充分发酵两三天才能装瓶。

面茶，是一种生活方式

秀鹤阿嬷的一天，是从凌晨4点开始的。早上起来先喝一碗面茶，把自己的头发一绺绺梳好，绑成蜈蚣辫，小心地绾上去，容光焕发地出门，走路，运动，或到寺庙去，给师父送面茶。

以面茶当早餐，是很多老年人的习惯。简单，方便，易消化，又有营养。对于行动不便或独自生活的老人而言，面茶是不错的选择。先在大海碗里放两勺面茶粉、一点点温水，搅拌均匀，再加开水，冲泡成半流质状，一边加开水一边搅拌，直到细腻绵密，一口喝下，暖胃暖心。

晨练归来，如果有油条，秀鹤阿嬷会再喝碗面茶，让两种滋味在口腔发酵，体验又一种不同的味道。此时的面茶，成了一种早茶，秀鹤阿嬷边喝，边翻阅《厦门日报》和《厦门晚报》，每天雷打不动两份翻看完，才开始去浇花。

满院的花朵，是秀鹤阿嬷的最爱，粉粉的蝴蝶兰，热烈的长寿花，生命力极强的酢浆花，挤在院子里争芳斗艳，一年四季，每天都有花开。来买面茶的人们，总是要来这座花园里坐会儿，边欣赏边赞叹，恋恋不舍离去前会说："要先走了，下次来买面茶时再观赏。"而秀鹤阿嬷则说："不买面茶也可以来看花，明年春天兰花要分盆，我分出三株来给你。"

说起养兰花，秀鹤阿嬷十分专业。如何"蓄叶不蓄根"；怎么割掉根，换盆子；土要分三层，顺序不能乱，下面海蛎壳，中间是红土，上面一点海泥。每年阳春三月，她都要分盆，把兰花分种出多株，送给左邻右舍、亲朋好友。

媳妇小叶说："我婆婆做人大气，开朗，不计较，大家都夸她人品好道德好。来买面茶的人，最后都会和她成为好朋友。"

秀鹤阿嬷则说："好东西要和好朋友分享，越分才会越多。面茶也是一样，人多了，一起喝才更有味道。"

清晨的闲适后，接下来就开始做面茶。秀鹤阿嬷脚不沾地，里屋、外屋、厨房、院子、楼梯嘣嘣响，楼上楼下频繁上下取物。也许就是因为要每天不厌其烦做面茶，才保持了良好的体质。忙碌的人不会老，面茶与秀鹤阿嬷，其实就是互相成就。

整个采访过程中，秀鹤阿嬷常常要停下来，一会儿指挥流程，一会儿去实际演练。很显然，她是这个家的核心人物，她仍是面茶的主要制作人，80岁的人了，气色极好，两颊微微泛粉，一头银发典雅有型。普通话与闽南话的切换自然流利，不时冒出几个新词，耳聪目明，思维和逻辑还都非常清晰。

邻居们说："秀鹤阿嬷是新店的风云人物，在翔安，一提面茶阿嬷，几乎无人不知。"

林月瑞

纯手工阿胶膏制作者。

手工阿胶膏制作技艺

林月瑞：我喜欢做一个手艺人

　　中国人吃阿胶的传统，自唐以来就有历史记载，作为我国传统的名贵中药，阿胶被历代医家誉为滋补"上品"、补血"圣药"。吃法及加工方式十分多元，有粉剂、口服液、块状、膏状、液体、糕状小零食等，应用十分广泛。

　　阿胶膏的手艺相传自清朝就在后宫盛行，属于药食同源产品。宫人采用传统阿胶，与黄酒加热融化，再加入黑芝麻、核桃仁、红枣、冰糖等，制成片糕，供贵人娘娘们日常当小零食享用。阿胶膏具有补血养气、润肠通便、提高免疫力的综合保健功效，据传可美容养颜，故而深受女性喜爱。

1 /

2010年临近春节，33岁的林月瑞决定辞职回家带孩子。当时，她的女儿5岁，小儿子才1岁。和许多有了孩子的女性一样，她别无选择，只能放下自己喜爱的工作，恋恋不舍而又义无反顾地回归家庭。林月瑞说，其实当时公婆是愿意帮她带小儿子的，但前提是得带回去放在漳浦老家，林月瑞怕对孩子个性养成有影响，思虑再三，还是决定辞职，由自己亲自来带。

自1997年学校毕业到了雨伞厂，从普通的流水线工作，到缝伞主管，到统计，林月瑞在第一家单位做足7年，十分笃定。2000多个日日夜夜，她用自己的认真负责赢得了公司上下交口称赞。后来，她跳槽去了第二家单位，也还是做雨伞，林月瑞这时已经可以监控伞布的质量，并对外做采购工作。就是在这里，她通过工作关系认识了在外包协力厂工作的老公，不久就订了婚。当时的这桩亲事，家里人人反对，但林月瑞很坚决，她并不在意夫家的家底厚薄，不在意背景，也没将老公读书欠下的贷款放在心上。她认死理，觉得这个人对了，接下来的事情就都对了，一旦决定就会全情投入，这是林月瑞天性里的执拗与坚持。

但是，这份坚持却因为孩子的到来有了微妙的变化。从雨伞厂离职后，林月瑞赋闲在家，心情抑郁，常常和老公吵架，有时一个晚上都要吵好几次。争吵不能解决任何问题，这个道理林月瑞当然明白，但她就是控制不住自己。仿佛不争吵就无以平复付出没有相应回报的怨气，就不能排解自己没有事业感的不服与委屈。

2 /

林月瑞越来越觉得自己一定要找个事情做，可是做什么呢？以带娃为主的家庭主妇，可以选择的机会极少、空间极小。她像恍然醒悟后的过河小马，什么行业都想去试试，期冀能够找到一个既可以照顾家庭，又能够让自己有所成就的工作。

这一年，林月瑞多方尝试，付出很多试错成本，却都是草草收场。兜兜转转一圈下来，林月瑞回到了原点。家里人劝她索性死心塌地在家里带孩子，以免损失更大。

  林月瑞又闲了下来，她的焦虑在加重，夜里总是睡不好，失眠多梦还盗汗，一个人面对空屋时，感觉四面墙壁都在向自己施压，那样的逼仄感压得她喘不过气，她开始频繁在医院进出。一次偶然的机会，林月瑞从一位在医院工作的朋友那认识了阿胶膏，起初只是觉得好吃，买两盒吃了个把月，她开始向朋友学习熬胶，也认识了好几位同样赋闲在家的主妇熬胶娘。她们一起研究阿胶膏的原料搭配，1斤阿胶要匹配多少酒，怎么切片更匀称而没有碎渣。林月瑞虽还未实操，但她明显感觉自己的生活有了多姿多彩的味道，她不再拘囿于家里，开始走出家门去和各位熬胶娘互动，向她们学习，找她们取经。

  夜里，林月瑞安顿好孩子，披着夜色自己走过静悄悄的小区，去敲朋友家的门。胶与酒已经泡好，旁边悉数放着核桃、黑芝麻、老冰糖、剪开去核的红枣，还有宁夏红枸杞。她自告奋勇帮忙，慢慢搅动木勺，一下一下，直到月沉星起，午夜沉寂，才一个人借着手机微光，快快奔跑回家。

3 /

阿胶膏原料较贵，每次进货都有最低量的要求，这对林月瑞来说是笔不小的开支，家里人对此并不支持。他们不明白，一个家庭主妇在家带好孩子，不愁吃喝，不用朝九晚五去赶车上班，这本身不是一件很安稳的事吗，为何还要去如此折腾？

林月瑞自己也有些犹豫，毕竟投入太多，如果失败，沉没成本还是太大。但即便犹豫，也要去行动。林月瑞是个行动派，她相信，行动才是治愈一切的力量。她把那个月的家用全部拿出来，自己订购了阿胶块。

真正开始行动，才发现其实没有那么简单。林月瑞刚开始熬胶就废了一锅，由于搅拌不够，锅底有些粘结，焦味虽然轻微，功效也不变，但还是影响了口感。林月瑞把这锅试验品全部留下来，用于自己家用和朋友品尝，自己则继续找师傅去学习和讨教。通过认真研究，林月瑞明白了，原来火候、手法都是熬胶的关键。还有最重要的一点是，熬胶需要一气呵成，两个多小时，得用木勺不停地搅动，直到黄酒与阿胶充分融合，最后形成黄金色泽胶液，形成挂旗（专业术语，即铲子舀起来时，不会下坠，胶似一面旗帜）。

林月瑞又进了第二批原料，这次她把熬胶时间调到了晚上，等孩子睡熟后才开始。彼时，黑夜静寂，厨房里一灯一锅一人，仿佛时光入定，她听着中医类节目，耐心地不断搅动，按要求精控火候，很小心地刮动木铲。两三个小时后，她有点忐忑地用铲子将阿胶铲起，虔诚期待着效果，果真看到书上所说的"胶液凝结后扬起会如旗般滴落"的场景，她欣喜若狂，一个人在厨房里跳起舞来。此时已经凌晨。

白天的时间，则用来包装和切片。上午，她带孩子出门买完菜，回来时把东西收拣到位，给孩子开了音乐，准备好积木，估摸着孩子可以自己玩一个小时。这一个小时，她穿上围裙，戴上手套，阿胶膏已经全部裹好糯米纸，切片完毕。这时，她会停下来片刻，给孩子倒水，并换上另一套磁力片，再继续回去装袋。装袋完成，差不多也到中午需要做饭的时间了，一个上午，十分繁忙，内心却充实饱满。

慢慢做，慢慢熟稔，林月瑞边做边研究口感。怎么弄才会嫩点，显得更新鲜些？如何做才不会没嚼劲？太硬，芝麻核桃掉一地；太软，切片时会粘刀……林月瑞说，做阿胶也像带孩子，需要用极大的耐心，去管理，去对待，去不断地研究，才能找到更对味的方法与方式。多番尝试下，她把核桃用微波炉微烤，把表皮搓净，这样烤出来的核桃不涩口，整体口感更香更甘甜。阿胶膏的硬度跟季节也有很大关系，夏天时要做得老一点，切的时候才不会粘手粘刀；冬天时，则要做得嫩一些，以防太硬容易掉渣。

很快，林月瑞的阿胶膏成了朋友亲戚交口称赞的口感最好的No.1。

4 /

2017年，林月瑞收了自己的第一个徒弟，她中专时的同学。起初，同学只是觉得林月瑞的阿胶膏好吃，便经常找她拿，后来林月瑞便约她一起做，并许诺可以手把手教会她。这是林月瑞师傅生涯的首战，她很尽职，通宵达旦教徒弟熬胶，如何才能把握火候熬到挂旗，如何掐准时间放辅料，怎么样才不会熬得过老或过生……她事无巨细，一一询问，恨不得在一夜之间就把所有老手艺的精髓全部传授。

为了尽量做到精准传授，林月瑞专门买了个手机支架，将制作过程全部用手机录制。首先是熬胶，手的力道，搅动的手法，挂旗的样子，一一入镜；然后是切片，约30厘米大小的一块正方形，在切刀落下时成为条状，竖立起来，码成一根根迷你柱子。先按顺序摆好，又按顺序一根根取过来，按照一定的比例卡进去，切成了大小一致厚薄有度的薄片。

现代化工具，带来新式传授手法，跨越了距离上的问题。一个月时间，徒弟的技法渐渐成熟。

首战告捷，林月瑞的徒弟越来越多，如今也成了方圆几里闻名的阿月师傅，老公现在十分支持老婆的工作，碰到进货时周转不灵，二话不说就拿了5万块出来，平常有空也帮忙包装阿胶膏，收到快递的纸箱会留下来装阿胶膏，妇唱夫随，十分和美。

林月瑞说，自从做了手工阿胶膏后，她似乎又回到了在雨伞厂工作的时光，被人夸厉害，有人需要你，和邻居朋友在一起，不再谈家长里短、婆媳关系，而是聊如何将阿胶膏做得更好，把小事业经营得更好，满满的成就感。

说起做阿胶膏的故事，林月瑞滔滔不绝，一改平时的文静与少言，她觉得自己在做阿胶膏的过程中成长特别多，除了赚到一份收入，还认识了来自全国各地的很多朋友。原来很久没有联系的朋友也都重新取得了联系。林月瑞也从那个没有朋友沉默寡言的家庭妇女，变成了能拍美照，能娴熟熬胶、手把手带徒弟的师傅。从量变到质变，这是林月瑞在学习老手艺中的收获，亦是老手艺对现代女性的唤醒和拯救。

技艺

1. 泡胶

把阿胶按一定比例放进黄酒中，泡24小时后，阿胶完全浸泡、两者充分融合后析出油，此时肉眼观察，溶液呈现咖啡色表层为最佳。

2. 准备辅料

将红枣剪块，枸杞挑出不好的部分，核桃用微波炉稍微烤1分钟后，手工去膜掰碎，黑芝麻炒好，老冰糖碾碎，静置于干净干燥处待用。

3. 熬胶

将泡好的阿胶块及黄酒放入锅中，开小火，不断搅拌，熬两个小时左右，形成黄金色泽胶液，熬至挂旗。

4. 挂旗

阿胶膏的制作对火候要求十分严格，因此需要"挂旗"这道工序来检验。胶液凝结后扬起会如旗般滴落，"滴三不滴四"说明胶液的水分适中，阿胶膏容易凝结，切口弹韧适中。

5. 入模

阿胶浆加入辅料，搅动拌匀后，放入固定的模具内，冷却定型约12小时后方可取出，急用时则将整个模具放入冰箱冷藏。

6. 切膏

冷却后的阿胶膏已经是成品，但为了便于取食，还需整体切条，再用切片机均匀地切成10克重1厘米宽的片状。

7. 装袋

为防黏腻粘袋，切好的阿胶膏需包上薄薄一层糯米纸，再放入袋中，最后封口黏合。

熬出一片天

林月瑞家在岛外。

穿越一座永远拥堵的桥，跟随导航到达她所在的小区。走过寂寂长廊，来到她笑语喧哗的家里，两个徒弟正在她家里熬胶，空气中飘着阿胶和黄酒的香味，浓浓酽酽，似这午后金黄色的阳光，醺然欲醉。

徒弟小年在里屋熬胶，她卖力地一刻不停地搅动，问她还要熬多久，她答，半个小时前刚开始，差不多还要熬两个小时。徒弟七姐在客厅里切膏，她戴着纯白的口罩，边切膏边和旁边的女儿说着什么，依稀听到是关于学习方法的一些教导和劝诫。

林月瑞里屋外厅两边跑，一会儿帮徒弟检查熬胶的锅底，一会儿给徒弟的切片码正角度，一会儿又到房间看看正在写作业的孩子。还要接电话，给在龙岩的徒弟提供一些远程指导。

问林月瑞辛苦吗？她连连摆手说，不会不会，做吃的东西很香，也很净化心灵，更容易让身心都得到满足。"老手艺年轻人不爱做，但就适合家庭主妇这个群体。我们几个都是因为要兼顾家庭，所以出不去上班。做阿胶膏，不仅是在传承老工艺，也带给老手艺新的东西。"

林月瑞跟我们展示她在朋友圈里发的一些推文，说："有人问我，你是在做微商吗？我说不对，我们是在做手艺，我们把千年的老手艺盘活，加入了现代化的推广。在纯手工的过程中，充分尊重也遵循了传统，但又能够比传统更注重品质监测，用现代化的新媒体推广方式，让更多人来了解，来参与，来改变自己的人生。"

徒弟七姐和小年说，她们非常庆幸能与林月瑞相遇，更开心可以学着一起做阿胶膏。"能学到手艺，能认识志同道合的人，更重要的是，能在照顾家庭之余，有个事情做，这本身就很难得。"窗外，夕阳淡淡投进来，她们带笑的脸上，双眼熠熠闪光。

寒冬已至，找林月瑞咨询拜师学做阿胶膏的人越来越多。中医说，色赤者入心，琥珀色的阿胶，自古被誉为养血补血调血佳品，小小的一块阿胶膏，传统的千年老手艺，在林月瑞的一双巧手下，温暖自己，温暖一个群体，也温暖了整个冬天。

李起平

闽南传统小吃捆蹄制作者。

闽南传统小吃捆蹄制作技艺

李起平和他的安海捆蹄

安海，美丽的历史文化小镇。古老的建筑与街巷，诉说着千年的沧桑与沉淀。多少人慕名而来，访古探幽，循着人文的路线，走安平桥，访龙山寺，最后，总要品尝独一味的安海捆蹄，否则便不算来安海。制作精细，质嫩韧香，捆蹄入口，慢慢细嚼，一丝馨香从舌尖冒出，历久弥香，不忍下咽，咽后又垂涎三尺，夹起一块又一块，再也无法停下来。

安海复兴社区，施厝巷11号的老宅，是李慨捆蹄的发源地。没有华丽的装饰，没有恢宏的门面，一张桌子，一口大锅，是全家人的事业。深居长巷，亦能门庭若市；家族传承，更显传统古味。李家捆蹄的手工技艺，从清朝至今，代代传习，那种穿越历史风烟而来的味道，在当今五花八门的菜系和味道里，最让人想念，最值得回味。

1 /

时年45岁的李起平是李家捆蹄第五代传人。

李起平曾经是个财经才子，20世纪90年代末厦大毕业时，被分配到厦门某银行工作。少年英姿，挥斥方遒，他勤勉而专业，从"第一张桌子"做起，离开时，已经坐到了"最后面的那张"，所有的账都要汇总过来，由他一人进行最后核算。

要离开自己奋斗十余载才得来的职位，摒弃人人羡慕的银行工作，李起平是慎重考虑过的。从爷爷的叔叔算起，李家捆蹄当时已经传到第四代，父亲逐年老迈，家里的手艺总要传承下去，在他传统而富有责任的心态下，接班是一件责无旁贷的事，他没有理由推卸。

但说心里毫无波澜也是有违人性的。经营食品类工作，十分辛苦且枯燥，李起平当然知道。放下外面世界的多姿多彩，重新回到自小生长的老宅，是一份责任和使命，也是对家里长辈的孝心。在离开厦门前，李起平把每一路公交车都坐了个遍，从起点到终点，望着车窗外的风景，一点一点把鹭岛的美景入眼入心。多年以后，回想那段时光，他动情地说："厦门很美，坐在公交车上，看着窗外的风景，是一种享受。"

2 /

从厦门到安海，从银行回老宅，这是对家族传统的认同，也是选择了另一条完全不同的路。

虽然捆蹄是家族技艺，李起平从小看到大，读书求学年代，周末也常帮忙打下手，有时候晚自习下课回家，还要帮忙做些收尾工作。但真正以此为业，并全身心投入时，那是另一种境地，心情也截然不同。

每天6点起床，就要开始处理到货的猪肉与猪皮。将猪皮冲洗干净，刮毛，去油，裁剪成合适大小的长条，接着就开始打孔缝线。猪肉也要洗净晾干，切成合适大小，再事先腌好，灌入，缝紧，并入锅煮熟晾凉。一天下来，满满当当，全家人都很繁忙。

做捆蹄很花时间，基本都是手工活，一片片地缝，一只一只地捆，每天从早忙到晚，也只能做几十斤，实在是很辛苦。刚开始时，李起平经常会收到来自各方的询问，好好的坐办公室的工作干吗要放弃？手工活这么辛苦你一个养尊处优的高才生会习惯吗？

当时，大家都以为，李起平坚持不了太久，就会回归自己的本职本专业，毕竟银行白领与食品从业者的工种相去甚远。只有他自己知道，开弓没有回头箭，一旦选择便不用再想回头路。当身边的问询此起彼伏时，李起平从不解释，他深记自己看过的一个访谈节目，刘德华接受了杨澜的采访，似乎也是问起选择与否的问题，刘德华说"什么路都可以选择，只要你选择努力"。

这句话，在很长一段时间里，都是李起平的座右铭。他希望通过自己的努力，让这份家族手艺能够继续传承，好好地活在匆忙的岁月尘烟里。

3 /

坚持老手艺，不是墨守成规。李起平受过高等教育，他的思维比父辈更灵活，更多了将一件事情化整为零、拆分重装的能力。首先，他将家里的制作时间和步骤做了小小的调整，早上做成品，下午可售卖，同时又为明天备料。这样，晚上10点之前就可以休息入睡，保持与上班一样的八小时工作制。这是李起平的生意哲学，也是他内心执拗的坚持。虽胼手胝足，但不过于劳累，一家人在一起，做家族事业，让亲情延续，定量制作不贪多，捆蹄一锅重量约25斤，每天只做2锅，最多3锅，绝不超过。产品种类，坚持只做3样，腊肠与烟肠做搭配，捆蹄主打，老祖宗的招牌一定要守住。

2008年，李起平发现华侨过来买捆蹄的人多了起来，但是，捆蹄没有放防腐剂，长途运输肯定容易变质。他为此添置了真空包装机器，将捆蹄与空气做隔绝，延长食品储存期限，同时也便于携带，可谓是跟得上时代的一种变化。

这个做法，后来也跟微商时代形成了衔接，对于那些漂洋过海嘴馋家乡味的人，实是一种慰藉。

保持着一定的产量，没提高也不降低；保持着绝佳的质量，原材料只用最好的农家土猪，从不无良掺下脚料。李起平把不变的古早味当成自己的作品，一刀一铲，一针一线，千锤百炼，使得它保持着百年不变的风味，耐嚼好吃，吸引了当地一众名流闻香而动。

每年清明节前后，泉州的海外乡亲华侨等，回乡祭祖省亲，去国回程，自然要在行李箱里给捆蹄留上一块位置，让施厝巷的美味漂洋过海，天涯海角，回味无穷。

有些食品加工业者不爱吃自家产出的东西，大概是由于天天看而生腻，没有距离就没有美。但李起平全家人都很喜欢吃捆蹄，说起这道凉菜的好处，老老少少，如数家珍。"猪蹄和猪皮中有胶原蛋白，煮的时候转化成了明胶，能结合许多水，增强细胞代谢，可以改善机体功能和皮肤组织细胞的储水功能，常吃可以使皮肤更细嫩。对于经常四肢疲乏、腿部抽筋的人也有一定辅助疗效。"干一行，爱一行，李起平笃定自己的选择没有错，别人的意见只是一种参考。与当年厦门大学的同学，由于生活不同圈子不同，已经鲜少来往。但李起平有空就会带着老婆和孩子回到厦门，走走鼓浪屿，看看自己曾经求学过的校园。9岁的儿子喜欢芙蓉湖的黑天鹅，李起平也希望，小孩可以好好读书，再考厦大，与自己成为父子校友。

很多人问李起平，儿子长大后是否还要让他继承家业和手艺。这个问题显然李起平自己也考虑过多回，每每不假思索脱口而出："他不一定以此为生，但继承是一定要继承的。

我希望李家可以一代比一代更好，这指的不仅是生活，还有手艺。"

李起平很喜欢运动，下午闲暇时，就一个人换上跑步鞋，有时走到五里桥，有时走到水头。每年他也会留出一段固定的时间，安排出去走走看看。他认为，在这个日新月异的时代里，视野要宽，思路要新。有一回，在杭州的清河坊街，他看到了胡雪岩一手创立的胡庆余堂，历经岁月风霜，依然如火如荼地发展。他也带着妻子去看了泉州的一些老字号，学习人家的运营手法及理念。看到有部分老字号对品牌进行运作后出售，李起平觉得这不是自己的意愿。每一段路都不会白走，原来学的经济专业，对现在做的事和以后要做的事，亦会提供帮助。李起平认为，父亲相对保守，这是他们那一代人的特质，但自己对手艺的坚持与开拓，与上一辈会有区别。

如何将老手艺焕新，做百年老店，让品牌折射出价值，这是李起平近几年一直在考虑的事情。也许需要一个团队，才能更好地传承下去；也许需要相关方面的支持，才能在保持原有口味的情况下，扩大经营，走现代化、商业化路线。李起平不急，他从不愿也不想为了扩大化去破坏原来的滋味。当人世浮华时，他安身立命，做好每一个捆蹄。生活，就是从一个一个小细节的修缮中不断趋于完美，时光无痕，却总有回响，不急不躁，却胸有丘壑，才是人生最美好的模样。

技艺

1. 腌肉

先将新鲜的蹄髈瘦肉洗干净，切成长条，再将秘制配料按一定比例配备并捣碎，撒在切好的肉片上，搅拌均匀后，进行腌制。安海捆蹄与其他地方的捆蹄不同，不使用香菇及虾米做辅料，腌制方法是其中最为重要的一个环节，力求最大限度保留其原汁原味。这个步骤看起来简单，其实是最核心且最不想为外人道的一环。李起平说，这个步骤他一般自己做，配什么料，配多少，就是他家族流传下来的经典手艺，精确到毫厘，所以无法假他人之手。

2. 缝皮

选择口感较好的前脚，去毛，洗净，剔除上膝骨肉，只剩下膝连着一张猪皮。把准备好的猪皮洗净晾干，裁成大小适中的规整形状，并用钢针钻孔，或用缝纫机无线踩过一遍，现出针眼。如此一来，用针线循着原来的孔，缝合成长方形袋包。

3. 灌肉

灌肉也是个技术活，一般需要两个人一起进行。一个人操作机器，一个人拿猪皮包在出口等着。用灌肉机将腌制好的肉灌进猪皮包中，确保填馅部分的空气全部排出后，再将填口部位用针线缝合，这种方法灌进去的馅料紧而实，可避免肉跑出来，也避免味道被汤水稀释。

4. 裹夹

选洗净晾干的纱布叠合成两层，将装填好馅料的猪脚按原形裹紧，这样猪脚中的胶质才不会流失。再取同样长短的四条竹板夹住四周，用麻绳上下捆牢扎紧，即成捆蹄生坯。注意，纱布必须每次一洗，且保证晾干。

5. 成品

捆缚好的猪蹄放至敞口大铁锅内煮大概一个小时，取出后晾凉，依次将绳子、夹板、纱布解开，放入冰箱冷冻，就是成品了。

6. 切片

捆蹄一般要置放于冰箱中，食用时才抽出缝线，然后放于砧板上，切成半月形薄片，叠放于盘中。上菜时适量搭配一些酸萝卜、番茄片，或李氏秘制酱料。捆蹄入口微冰，劲道有嚼劲，越嚼越香。

岁月静好　平淡是真

　　李起平的家，掩藏在安海复兴社区的施厝巷里，长巷幽幽，据说之前住的都是施琅的族人。沿着整洁的水泥石板路往里走，墙头的蓬蒙草，屋角的龙眼树，无不散发着浓郁的闽南风情，仿佛故里深深。

　　施厝巷11号，李慨捆蹄的发源地，庭院外墙虽有些斑驳，但那出砖入石的建筑风貌，门口左侧的三个拴马石，都在诉说这栋千年老宅当年的风光。跨过门槛，走进院子，正门完全没有接缝的长条青石，院落的地面亦如是，对应着撑起屋瓦的长条梁，代表着一个家族曾经的兴盛。

　　李家祖上就是书香门第，李起平的父亲高中毕业才跟着上一辈学捆蹄，他爱书法爱园艺，年已古稀，仍喜欢养花种草，做完捆蹄就在院子里摆上长条桌开始写毛笔字。满院绿植，是榕树、兰花、冬青树以及日日春，在阳光雨露中长成，于桃李春风间摇曳。幽香习习间，如果摆上一套桌椅，

335

邀星河入盏，在院中品茗，那该是何等美好！

李起平的气质，与小院的静美十分合拍。他中等身材，戴着副眼镜，话不多，人很温和，身上散发着淡淡的书卷气，动手做捆蹄时，又显露出一股执着与认真。

说起曾经厦大学霸的身份，他不愿意深入谈，但这两种身份的违和与交错，似乎是他这个人物身上最深藏不露的厚重感，又不能不问。他回答之前，想许久，淡淡说："都是过去式了，我不想当网红，也不想拿曾经的身份炒作，我就想把这门老手艺传承下去，慢慢地做，一步步脚踏实地地做。"

这是故事的起点，也是句点。长子大孙，一个有责任感的人，在闽南的家族传统里，他的选择，我似乎懂得些许，便也就绕开话题，听他慢慢讲故事。

20年光阴荏苒，李起平信奉平淡是真。每天晨起做捆蹄，下午备料，晚上散步。这种生活，是把握在自己手上的一份确定性的满足。他觉得，传承手艺，为家族守艺，是一种幸福。守住百年的传承，守住闽南人关于乡土与亲情的传统，守住浮华现世里最难能可贵的静心。认真付出后，能得到应有的回报，踏实，可预估，不需要大红大紫，也不用成名成家，岁月静好，不外如此。

采访结束，正整理电脑，一位女子递过来一瓶矿泉水，冲我腼腆笑笑，闲聊几句，才知原来她是李起平的太太。

"今天我们歇业一天没有做捆蹄卖，知道你们要来，怕采访被客人打断，所以就停了一天。"说这话时，她脸上有朴稚的笑意，面容姣好，眼神清亮。

后记 精神

杨秀晖

作为一名码字匠，我一直认为，写作首先是一种精神，无关稿费，也无关名利。

对老手艺人的寻访，也是一种精神。

从2019年开始，我和高渔、谢培育二位老师，上山下海，入市寻乡，田间地头，寻常巷陌，采写并拍摄老手艺人的工艺、流程，听他们讲一个个或悲或喜的故事。有时捧腹大笑，有时泪盈于睫。这是真实的生活，也是最用心的采写，我们如田野调查般，深入最内里，与老手艺人交谈、交心、共鸣，听他们讲手艺的故事，也听他们讲守艺的故事。

作为一名土生土长的闽南人，许多手艺是自小司空见惯的，它们是传统闽南人生活的一部分，我以为它们会一直在。但真待开始老手艺的采写，方知那些经年陪伴的少年时代的手艺，早已遗失在时光的岁月尘嚣中。科技越来越发达，机器进行了一场又一场的革命，退出历史舞台的，除了铸刀匠、补锅匠、纺棉被匠，还有许多许多……

诸多老手艺人，一生只做一件事，并致力于将这件事做到极致。或许他们并未察觉手艺之珍贵，也不知工匠精神为何物，仅仅只是因为兴趣或为了谋生，更或者是天长地久的一个习惯，一种生活方式。坚持，也就坚持了，不觉艰辛不觉苦。他们也困惑自己的手艺是不是还能被人们现在的生活所需要，但他们依然遵循着一种爱与惯性，一天一天地做着手中事。对于后来人而言，我觉得这也是一种精神——一生只做一件事的人，都值得被时代铭记。

感谢集美区文艺发展基金项目的扶持；感谢厦门晚报社原总编辑朱家麟老师及著名小说家高渔老师为此书作序；感谢谢培育老师提供的照片，缺此间一二，本书便不完整。

人生不过百年，精神穿越万代。祖先留下来的习惯需要代代相传，为老手艺鼓与呼的行为与精神更需要继续。

朱家麟老师说："秀晖，我们一起来把闽南匠人的故事继续讲下去吧！"

我很干脆地答了一声："好！"